BIBLIOTHEQUE MORALE

DE

LA JEUNESSE

PUBLIÉE

AVEC APPROBATION

En travaillant, elle chantait un Noël.

(Courage et Résignation)

COURAGE

ET

RÉSIGNATION

PAR

ÉTIENNE BASÉLY

ROUEN

MÉGARD ET Cᵉ, LIBRAIRES-ÉDITEURS

1863

Les Ouvrages composant la **Bibliothèque morale de la Jeunesse** ont été revus et ADMIS par un Comité d'Ecclésiastiques nommé par MONSEIGNEUR L'ARCHEVÊQUE DE ROUEN.

———

L'Ouvrage ayant pour titre : **Courage et Résignation**, a été lu et admis.

Le Président du Comité,

Picard

Archip. de la Métrop.

AVIS DES ÉDITEURS.

Les Éditeurs de la **Bibliothèque morale de la Jeunesse** ont pris tout à fait au sérieux le titre qu'ils ont choisi pour le donner à cette collection de bons livres. Ils regardent comme une obligation rigoureuse de ne rien négliger pour le justifier dans toute sa signification et toute son étendue.

Aucun livre ne sortira de leurs presses, pour entrer dans cette collection, qu'il n'ait été au préalable lu et examiné attentivement, non-seulement par les Éditeurs, mais encore par les personnes les plus compétentes et les plus éclairées. Pour cet examen, ils auront recours particulièrement à des Ecclésiastiques. C'est à eux, avant tout, qu'est confié le salut de l'Enfance, et, plus que qui que ce soit, ils sont capables de découvrir ce qui, le moins du monde, pourrait offrir quelque danger dans les publications destinées spécialement à la Jeunesse chrétienne.

Aussi tous les Ouvrages composant la **Bibliothèque morale de la Jeunesse** sont-ils revus et approuvés par un Comité d'Ecclésiastiques nommé à cet effet par Monseigneur l'Archevêque de Rouen. C'est assez dire que les écoles et les familles chrétiennes trouveront dans notre collection toutes les garanties désirables, et que nous ferons tout pour justifier et accroître la confiance dont elle est déjà l'objet.

COURAGE ET RÉSIGNATION.

I.

A peu de distance de Dives et presque
au bord de la mer, on voyait, au commencement de ce siècle, une chaumière de pêcheur. Il fallait que la misère pesât bien
lourdement sur ceux qui l'habitaient, pour
qu'ils ne cherchassent pas une autre demeure. La misère était grande, en effet,
chez Julien Merrier; et fort souvent, lorsque
la pêche avait laissé ses filets vides, ou
que la tempête empêchait les barques de
prendre la mer, la famille du pêcheur
n'avait dû se nourrir que d'espérances !
Une cause bien cruelle augmentait la
détresse de la famille : Antoinette, la femme
de Julien, était presque toujours souffrante
et incapable, par conséquent, de parer aux
privations à venir par ces soins et ces travaux qui sont l'apanage de la bonne ména-
gère.
Mais si Julien Merrier était pauvre, il
savait supporter son lot de misère avec un
grand courage et beaucoup de fierté. Il

serait mort de faim plutôt que de souffrir qu'on vînt soulager son infortune.

Un des principaux motifs de ces sentiments louables, s'ils ne sont poussés à l'excès, c'est que, d'après un récit de son grand-père, Julien croyait descendre d'une noble famille normande, dont le chef avait été ruiné et exilé pour avoir déplu à Louis XIV. Jamais ses aïeux ne s'étaient relevés de cette disgrâce et ils avaient dû chercher dans le travail les ressources qu'ils avaient perdues.

Le pêcheur ne racontait pas cette tradition plus ou moins authentique, pour essayer follement d'en tirer vanité ; il ne la rappelait que pour s'exciter, par ces souvenirs, à se montrer digne de son origine.

C'était dans ces sentiments qu'il élevait sa fille Marcelle, charmante enfant qui venait d'accomplir sa neuvième année au moment où nous commençons notre récit.

Il était huit heures du soir, et comme le mois d'octobre tirait à sa fin, depuis longtemps il faisait nuit close. Le vent soufflait avec violence. Les flots de la mer venaient en rugissant battre la falaise. La nature entière semblait bouleversée.

Dans la cabane du pêcheur, Marcelle était précisément agenouillée devant une image de Notre-Dame de la Délivrande, tandis que sa mère, les mains jointes par une étreinte convulsive, prêtait avec inquiétude l'oreille aux moindres bruits.

— Ah ! s'écria tout à coup Antoinette, c'est ton père qui arrive, Marcelle !

— Hélas ! non, maman ; je n'entends rien.... rien que le vent et le bruit de la vague.

— Mon Dieu ! mon Dieu ! reprit la pauvre femme, en éclatant en sanglots. Voilà neuf heures qui vont sonner et Julien n'est pas rentré ! Pourvu que mes pressentiments ne se réalisent point !...

— Console-toi, pauvre mère, se hâta d'interrompre Marcelle, en allant embrasser tendrement l'infortunée femme, console-toi ; le père est prudent, tu le sais bien ; s'il est en retard, c'est qu'aujourd'hui la mer est bien terrible !

— Hélas ! hélas !

— Vois-tu, mère, j'ai tant prié la bonne Notre-Dame de la Délivrande que mon père, j'en suis sûre, va revenir sain et sauf.

— Que Dieu t'entende ! soupira Antoinette.

Et elle retomba dans son silence inquiet. Mais les douces paroles de Marcelle avaient ranimé au fond de son âme la lueur d'espérance qui n'abandonne jamais entièrement les malheureux. Elle fut plus tranquille. Il lui parut impossible que la Providence n'entendît pas les prières de son enfant.

Un temps assez long s'écoula encore ; puis, tout à coup, au milieu du fracas des éléments déchaînés, une voix forte retentit.

Deux cris de joie partirent de la chaumière. Cette voix, qui dominait la tempête, c'était celle de Julien Merrier.

Marcelle, d'un bond, fut à la porte ; elle venait à peine de l'ouvrir, qu'elle se sentit pressée dans les bras de son père.

— C'est lui !... C'est bien lui !... Ah ! que nous sommes heureux !... Combien nous avons craint pour toi !... Mais te voilà, tout est oublié !...

Ces différentes acclamations s'échappèrent, en se croisant, des lèvres d'Antoinette et de Marcelle, tandis qu'elles accablaient de caresses celui pour qui elles avaient tant tremblé.

Le lendemain et les jours suivants, la tempête ne cessa de ravager les côtes de la Manche. Il fut impossible de se hasarder à la pêche.

La misère et son triste cortége reparurent, avec plus d'intensité que jamais, dans la chaumière.

Julien essaya de trouver quelque occupation à Dives ; mais ses mains, habituées à la manœuvre des rames et des filets, se pliaient difficilement à tout autre travail. Il lui fallut y renoncer ; cependant, ne pouvant supporter plus longtemps la vue du teint pâle et des visages amaigris de sa femme et de sa fille, il repartit un matin pour la pêche, malgré les représentations des gardes-côtes et des pilotes, qui prévoyaient que la journée serait encore plus mauvaise que celles qui l'avaient précédée.

Antoinette et Marcelle, après avoir perdu de vue celui qui leur était si cher, et qui allait se dévouer pour elles, se mirent en prières... Mais le ciel ne les exauça point!.. Vers le milieu du jour, le vent redoubla de violence. La mer roula des vagues énormes. A l'heure de la marée, le lendemain, des débris de barque et un cadavre furent rejetés sur la grève !...

Une femme, qui depuis la veille errait au pied des falaises, aperçut ces funestes épaves. Elle poussa un cri de douleur terrible et perdit connaissance.

C'était Antoinette !...

De charitables paysans la relevèrent et la transportèrent à la cabane, ainsi que le corps de son mari.

Bien qu'elle sentît son cœur se briser, Marcelle, avec une force au-dessus de son âge, réprima sa douleur et s'empressa autour de sa mère. Mais la pauvre femme, dont la santé était déjà si délabrée, avait reçu un coup trop funeste pour pouvoir y survivre. Huit jours après l'enterrement de Julien Merrier, une autre fosse se creusait pour sa veuve !

Étouffant de sanglots, Marcelle, à demi couchée sur la terre, s'abandonna au désespoir le plus violent.

La nuit était arrivée, que la malheureuse orpheline ne songeait point à regagner sa chaumière.

Une vieille femme, que dans le pays ou appelait la Mayeux, tant elle était affreusement bossue, en passant près du cimetière, entendit les soupirs de Marcelle. Émue de pitié, elle s'approcha de la jeune fille et voulut la consoler.

— Oh ! répondit douloureusement Marcelle, qui est-ce qui s'occupera de moi désormais !... Je suis seule sur la terre !

— Eh bien ! veux-tu venir avec moi ?

Marcelle hésita un moment, car la Mayeux n'avait pas la réputation d'être bonne. Mais, soit que la pitié agît sur le cœur de la vieille femme, soit que l'intérêt qu'elle témoignait à l'orpheline eût bien disposé celle-ci, Marcelle trouva que la Mayeux avait l'air bon et très-doux ; aussi, prenant une des mains sèches et ridées de la vieille, elle répondit :

— Je veux bien aller avec vous, mère Mayeux.... Vous m'aimerez, n'est-ce-pas ?.. Et moi, je ferai tout ce que je pourrai pour vous contenter.

II.

Deux mois plus tard, dans une misérable hutte construite au milieu des champs, on retrouvait Marcelle.

La pauvre petite fille avait beaucoup à souffrir de la vie qu'elle menait; car la Mayeux tirait de la pitié publique ses principales ressources. Elle allait de bourg en bourg, de hameau en hameau, de ferme en ferme, et les bonnes gens du pays, moitié par charité, moitié par crainte, s'empressaient de remplir sa besace. Depuis que Marcelle l'accompagnait, ses tournées étaient devenues plus productives ; aussi ne laissait-elle pas un moment de repos à l'orpheline. Le lundi, il fallait aller à Beuzeval et à Gonneville ; le mardi, à Dozulé ; le mercredi, à Villers et à Saint-Waast, et ainsi de suite.

Marcelle sentait la rougeur couvrir son front, chaque fois qu'elle entrait dans une ferme avec la Mayeux. La jeune fille se rappelait les principes de son père, et il lui semblait parfois voir le pêcheur revenir au monde pour lui adresser des reproches.

Dans ces moments d'hallucination, Marcelle suppliait la Mayeux de la laisser à la chaumière ; mais la vieille soignait trop bien ses intérêts pour se priver un seul jour de sa gentille compagne.

Un matin, la Mayeux, se sentant indisposée, avait envoyé Marcelle dans une ferme assez éloignée de la chaumière ; la jeune fille en devait rapporter quelques provisions promises. La tête penchée, elle suivait son chemin en s'abandonnant à mille réflexions pénibles ; car, depuis la mort de ses parents, Marcelle réfléchissait : cet affreux malheur avait tout d'un coup mûri sa raison ; l'enfant de neuf ans avait disparu pour faire place à une jeune orpheline inquiète et soucieuse de l'avenir.

« Mon Dieu, se disait-elle, qu'il m'est pénible d'aller ainsi de porte en porte mendier un peu de pain !... Ah ! si ce n'é-

tait pour obéir à la mère Mayeux, j'aime-
rais mieux cent fois tâcher de me placer
dans quelque ferme. Je suis petite ; mais je
pourrais tout de même bien garder les
troupeaux, soigner les poules, sarcler le
jardin.... Comme je serais heureuse, si je
pouvais, en travaillant, gagner ma vie,
au lieu d'aller à chaque instant tendre la
main ! »

Insensiblement, Marcelle s'était animée
dans son monologue, et ses dernières paroles avaient été prononcées presque à
haute voix.

— Oui, reprit-elle avec force, oui, je
voudrais pouvoir travailler !

— C'est bien facile, ma fille, répliqua
une voix derrière elle.

Marcelle tourna vivement la tête. Une
fermière, à l'air affable et bon, lui sourit
doucement.

— Quoi ! c'est vous, madame Beaumont?
s'écria la jeune fille toute confuse.

— Pourquoi rougis-tu? reprit la fermière ; tu parlais là en brave enfant, et l'on
ne doit être honteux que d'une mauvaise
action.

— Madame....

— Voyons, dis-moi, en continuant notre
route, si ton désir de travailler est sérieux.

— Oh ! oui, Madame, bien sérieux, je vous l'assure ; car chaque jour, je sens de plus en plus que je ne peux pas rester mendiante : mon pauvre père disait que c'était une honte de tendre la main....

— Et ton père avait raison. Mais je suis charmée de tes sentiments, car j'ai besoin en ce moment de quelqu'un à ma ferme ; tu es bien petite ; cependant, si tu as une volonté sincère, tu pourras encore assez aisément venir à bout du travail que je te donnerai. Voyons, veux-tu venir chez moi ?

— Si je le veux ! exclama Marcelle ; mais, Madame, c'est pour moi un bonheur sans pareil. Je souhaitais une place, elle m'arrive tout de suite, et cela chez vous, madame Beaumont, qui êtes si bonne et si charitable....

— Bien, bien, s'empressa d'interrompre la fermière. Dépêchons-nous ; je suis pressée ; et, d'ailleurs, je veux que tu arrives à temps pour le déjeuner.

Marcelle était ravie ; elle suivait Mme Beaumont avec un joyeux empressement, et certes, l'enthousiasme de la jeune fille était facile à comprendre, lorsque l'on connaissait sa nouvelle protectrice.

Mme Beaumont allait avoir quarante ans.

Sa physionomie, sans être belle, avait une expression de bonté et de douceur qui commandait la confiance. Le son de sa voix était sonore et agréable et, lorsqu'en parlant, elle fixait ses grands yeux bruns sur la personne qu'elle entretenait, on se sentait ému et charmé. Sa réputation de charité était en quelque sorte proverbiale, et elle ne faillissait pas à sa réputation. D'autres donnaient plus qu'elle, mais nul ne savait donner avec autant de délicate bonté; aussi les pauvres la bénissaient-ils, et l'aumône tombant de sa main leur semblait-elle avoir doublé de prix.

Mme Beaumont avait remarqué Marcelle et d'un coup d'œil avait deviné son caractère. Elle avait aussitôt pris le parti de soustraire la jeune fille à l'influence de la Mayeux. Le hasard lui avait fourni le moyen d'entendre les souhaits de Marcelle; charmée de voir qu'ils se rapportaient à ses propres sentiments, elle n'hésita pas un moment à se charger de la jeune fille.

La fermière et sa protégée arrivèrent à Gonneville juste au moment où tous les gens de la ferme allaient se mettre à table. Mme Beaumont indiqua une place à Marcelle. Hésitante et troublée, la pauvre enfant ne pouvait croire à son bonheur.

— Assieds-toi donc, lui dit la fermière.
Qu'attends-tu ? Eh bien ! ce sont des larmes
qui coulent de tes yeux ; mais qu'as-tu
donc ?

— Ah ! Madame, Madame, répliqua Marcelle, en sanglotant, j'avais oublié, j'avais
oublié !...

— Que veux-tu dire ?

La jeune fille montra un sac en toile
bise.

— J'ai été envoyée en tournée par la
mère Mayeux, dit-elle ; mais vos bonnes
paroles, Madame, m'ont fait oublier tout ce
que je lui dois, à elle qui m'a recueillie
lorsque j'étais seule au monde. Si je ne
retourne pas près d'elle, peut-être souf-
frira-t-elle de la faim : il faut que je m'en
aille, Madame.

— Déjeune toujours, répliqua Mme Beaumont ; ensuite nous irons ensemble trouver la Mayeux ; sois tranquille, tu auras des
provisions à lui porter.

— Oui, mais elle ne voudra pas que je
reste chez vous. Elle voudra me garder
pour l'accompagner....

— Je te répète d'être tranquille, reprit
la fermière : j'arrangerai tout avec la mère
Mayeux.

Rassurée, Marcelle essuya ses larmes,

se mit à table et mangea de manière à faire honneur au repas : il y avait si longtemps que la pauvre enfant n'avait entièrement apaisé sa faim !

Le déjeuner terminé, Mme Beaumont prit la main de sa protégée.

— Voici ce que tu auras à faire chaque jour, lui dit-elle : tu auras soin du poulailler et du pigeonnier; tu arracheras les mauvaises herbes du jardin; je te dirai comment il faudra t'y prendre pour tout cela.

— Oh ! Madame, vous n'aurez pas besoin de me le dire deux fois.

— Tant mieux. Ensuite, nous avons quelques brebis que tu iras garder dans les champs; et, pour que tu ne restes pas inactive, je te donnerai des bas à tricoter. Feras-tu bien encore cela ?

— Oh ! oui, Madame, répliqua Marcelle, et j'espère que vous serez contente de moi; mais, vrai, je ne peux pas croire à toute cette joie; car la mère Mayeux ne voudra pas me permettre de rester avec vous.

— Encore une fois, sois tranquille de ce côté. Dans quelques instants, nous irons ensemble lui annoncer que je désire te garder chez moi; elle ne me refusera pas,

j'en suis certaine. En attendant, promène-
toi un moment dans la cour : j'ai quelque
chose à faire. Lorsque je serai libre, nous
partirons et tout ira bien.

Restée seule, Marcelle s'abandonna à
toute la joie que lui causait ce qu'elle venait d'entendre, et cependant elle doutait
encore.

— Je pourrais donc rester ici, se disait-
elle, et vivre comme je vivais avec ma
pauvre maman.... Comme je serais heureuse !... Comme je serais heureuse! Mais
cela arrivera-t-il?... J'ai bien peur que
non; car la mère Mayeux me dit souvent
qu'elle m'aime bien et que je suis trop
gentille pour qu'elle se sépare jamais de
moi. Mon Dieu! mon Dieu! je voudrais
cependant bien rester avec Mme Beaumont,
qui est si bonne !

Et passant de la joie aux larmes et des
larmes à la joie, la jeune fille se trouvait
suspendue entre la crainte et l'espérance.

III.

Mme Beaumont appela Marcelle, qui arriva aussitôt. La besace fut remplie de pro-

visions, et toutes deux s'acheminèrent vers la demeure de la vieille, où elles ne tardèrent pas à arriver.

La Mayeux était assise devant la porte de sa cabane, attendant avec impatience le retour de la jeune fille. La vue de la besace fit briller la joie dans ses yeux.

— Pourquoi es-tu restée si longtemps? cria-t-elle néanmoins, du plus loin qu'elle aperçut Marcelle.

— C'est moi qui l'ai retenue, mère Mayeux, répondit la fermière.

— Ah ! madame Beaumont, j'ai été bien inquiète, répondit la Mayeux; je ne savais quoi penser. Mais est-ce que vous voudrez bien entrer dans notre pauvre demeure? interrogea-t-elle, en faisant sa plus belle révérence.

— Certes, oui, répliqua la fermière, car il ne fait pas chaud, et j'ai à causer avec vous.

La Mayeux, toute fière de la visite qu'elle recevait, introduisit Mme Beaumont dans la chaumière, avança près de l'âtre la chaise la moins boiteuse, ranima le petit feu qui flambait péniblement dans la cheminée et attendit avec curiosité ce que lui voulait dire la fermière.

Marcelle s'assit silencieusement dans un

coin, le cœur bondissant d'espérance inquiète.

— Ecoutez-moi bien, mère Mayeux, reprit Mme Beaumont : lorsque vous avez recueilli Marcelle, vous n'avez écouté que votre bon cœur ; mais elle doit être pour vous une lourde charge. Voulez-vous la laisser venir chez moi ? J'ai besoin de quelqu'un ; Marcelle est petite, mais elle a de la bonne volonté, de sorte qu'elle et moi nous nous entendrons très-bien ensemble. Que dites-vous de cela ?

La Mayeux ne répondit pas. Mme Beaumont réitéra sa question.

— Mais, Madame, dit enfin la vieille, je ne peux pas vraiment me séparer comme ça de ma petite Marcelle. D'ailleurs, j'ai besoin, grand besoin d'aide, je deviens trop âgée pour faire mes tournées ; je mourrais de faim, si je restais seule.

— Je prendrai soin de vous. Soyez tranquille, vous ne manquérez de rien.

— Non, Madame, non, c'est tout décidé, dit résolûment la Mayeux, je veux garder Marcelle.

Un cri étouffé, poussé par la jeune fille, fit tourner la tête à la vieille.

— Comment ! tu pleures ? lui dit-elle ; tu pleures parce que je ne veux pas me séparer de toi ? Mais tu ne m'aimes donc pas ?

— Si, mère Mayeux, je vous aime, répondit Marcelle, je vous aime beaucoup, car je n'ai pas oublié que c'est vous qui m'avez recueillie quand je ne savais que devenir. Mais, voyez-vous, je ne peux pas me résigner à mendier.

— Qu'est-ce que cela signifie ? s'écria la vieille, d'un ton irrité.

— Calmez-vous, mère Mayeux, calmez-vous, dit avec douceur Mme Beaumont.

— Comment, Madame, que je me calme, quand cette petite niaise vient me dire que je veux la faire mendier ! Mais , est-ce que je mendie, moi ? Est-ce que ceux chez qui je vais faire mes tournées ne m'ont pas tous de grandes obligations ? Lorsque, par exemple, Jacques Lenoir eut son cheval volé, est-ce que ce n'est pas moi qui le lui fis retrouver ? Quand de méchantes gens avaient tout préparé pour mettre le feu aux bâtiments d'Eustache Leroux, est-ce que ce n'est pas moi qui les ai surpris et qui suis allée avertir Eustache? Mais je n'en finirais pas si je racontais tout ce que j'ai fait. Ah! je mendie!.. Je mendie!..

Tout en parlant ainsi , la Mayeux , sans plus faire attention à la fermière, marchait avec agitation de long en large de la

cabane, en grommelant des paroles inin-
telligibles. Tremblant de peur, Marcelle
s'était blottie dans un coin, sans oser dire
un seul mot.

Mme Beaumont reprit :

— Nous savons bien, mère Mayeux, que
vous avez rendu beaucoup de services à
plusieurs fermiers, et qu'en vous venant en
aide, ils ne remplissent qu'une dette de
reconnaissance. Mais il ne faut pas vous
fâcher des paroles de Marcelle , car elles
sont pleines de raison. A son âge, il faut
choisir une autre occupation que d'aller de
porte en porte demander des secours. Chez
moi, elle sera à l'abri des suites fâcheuses
qu'entraîne l'oisiveté. Elle prendra des
habitudes d'ordre et de travail, qui la met-
tront à même de se suffire plus tard. Vous
comprenez cela, n'est-ce pas, mère Mayeux?
Et comme vous aimez Marcelle, vous ne
voudrez pas refuser d'assurer son avenir.
Je vais donc l'emmener...

— Non, non, s'écria la vieille, en interrompant Mme Beaumont ; mille fois non ; je
veux garder l'enfant et je la garderai.

En parlant ainsi, la Mayeux s'était élancée
vers Marcelle et lui avait saisi le bras
qu'elle serrait à en faire venir les larmes
aux yeux de la pauvre enfant.

— Quoi ! reprit-elle, en s'adressant à la jeune fille, avec une sorte de fureur sauvage, tu me laisserais seule après que je t'ai sauvée de la faim ! après que je me suis privée pour toi ! et lorsque tu peux m'être utile !... Mais, non, tu resteras, ou je me vengerai de ta résistance !

Jamais la Mayeux n'avait eu un aspect plus repoussant. La colère faisait étinceler de lueurs fauves ses petits yeux gris, plissait son front de rides menaçantes et serrait ses lèvres minces dans un violent effort, tandis que toute sa personne était agitée par un tremblement nerveux. Aussi Marcelle, anéantie par la crainte, n'osait-elle ni faire le moindre mouvement ni même regarder Mme Beaumont.

Cette dernière avait d'abord été interdite en voyant la fureur de la vieille ; mais recouvrant bientôt son sang-froid, elle s'avança résolûment vers la Mayeux et parvint, mais non sans peine, à dégager Marcelle de l'étreinte qu'elle subissait ; puis, plaçant la jeune fille à ses côtés :

— Ce que vous venez de faire, mère Mayeux, dit-elle d'une voix ferme, me prouve combien il est urgent d'éloigner de vous cette pauvre enfant. Oh ! ne cherchez point à m'intimider, ajouta-t-elle, en voyant les gestes de menace de la vieille; vous n'y réussiriez pas. Je suis libre d'emmener Marcelle avec moi; car vous n'avez aucun droit sur elle. Je l'emmène donc et vous engage à ne point chercher à entraver son départ. Après la scène dont vous m'avez rendue témoin, je pourrais bien me dispenser de vous venir jamais en aide ; mais je n'agirai pas ainsi ; chaque semaine, je vous enverrai quelques provisions.

Puis, s'adressant à Marcelle :

—Maintenant que tout est réglé, partons; nous n'avons pas de temps à perdre.

Au comble de la fureur, la Mayeux voulut s'élancer sur Marcelle et la retenir, mais la fermière lui barra le passage.

— Prenez garde , dit-elle sévèrement, prenez garde, mère Mayeux, que je ne réclame contre vous l'assistance de monsieur le maire !

A ces mots, la vieille rentra dans sa hutte, en poussant un cri rauque; mais, revenant sur ses pas, et regardant s'éloigner la fermière et l'enfant, elle murmura d'une voix étouffée par la colère :

— Ah ! c'est comme cela que l'on me traite ! Bien, bien, je ne l'oublierai pas, et nous verrons qui s'en repentira !

IV.

A peine installée chez Mme Beaumont, Marcelle s'y fit remarquer par sa bonne volonté. Douce, remplie de docilité, la jeune fille n'avait qu'un désir : prouver à sa protectrice qu'elle n'était pas indigne des bienfaits qu'elle en recevait.

Certes, Marcelle n'était point parfaite ; on pouvait trouver que son étourderie était grande et son application au travail souvent bien relâchée ; mais elle savait reconnaître ses fautes avec tant de bonne foi, elle montrait un si grand désir de s'en corriger, elle demandait pardon avec tant de douceur, qu'il était impossible de ne pas pardonner et de ne pas aimer avec tendresse une aussi charmante enfant.

Mme Beaumont s'attachait à Marcelle avec un amour tout maternel et elle se flattait de vivre assez longtemps pour jouir de la vue du bonheur qu'elle se promettait de donner à sa fille adoptive. Pour celle-ci, elle n'enviait plus rien ; elle se trouvait si heureuse chez la fermière, qu'il lui paraissait impossible de l'être jamais davantage.

Un jour, chargée de garder les brebis, Marcelle avait dû se rendre dans un pâturage éloigné, emportant avec elle, placées dans un petit panier, les provisions de la journée.

Rendue au lieu qui lui était désigné, elle s'assit sur un tertre d'où elle pouvait, d'un coup d'œil, apercevoir tout son petit troupeau; puis elle se mit à tricoter, occupation à laquelle elle prenait un vif plaisir. En travaillant, elle chantait un Noël, ne s'interrompant que pour courir après une brebis vagabonde ou un agneau indiscipliné et les ramener dans la clôture. Souvent elle était forcée de s'élancer à la poursuite des rebelles ; mais l'agile enfant, en quelques bonds, faisait rentrer tout ce troupeau dans le devoir, et, après avoir amicalement grondé l'animal qui avait désobéi, elle reprenait sa place sur le tertre.

Une fois, à peine y arrivait-elle, qu'un cri d'effroi s'échappa de sa poitrine : elle venait de reconnaître la Mayeux, qui s'avançait vers elle.

— Eh ! eh ! dit la vieille, lorsqu'elle fut près de l'enfant, et en faisant bruire un ricanement sauvage, je vois que tu ne m'attendais pas.

Marcelle voulut répondre, mais elle ne

put que balbutier quelques mots sans suite.

— Viens, viens près de moi, poursuivit la Mayeux, qui jouissait de l'embarras de la jeune fille. Que crains-tu?... Quoi! je suis venue te voir, et c'est ainsi que tu me reçois! Pourquoi ne m'embrasses-tu pas?

La vieille mendiante, tout en parlant, s'était approchée de la tremblante enfant et lui avait saisi les mains.

— Oh! laissez-moi, mère Mayeux, laissez-moi, dit avec effroi la jeune fille.

— Tu me crains donc aujourd'hui?... Tu ne fais plus la fière comme le jour que tu m'as quittée!

— Je vous en supplie, mère Mayeux, laissez-moi, vous me faites mal.

A ces dernières paroles de l'enfant, une sorte de joie méchante brilla dans les yeux de la vieille.

— Eh bien! dit-elle, je te fais mal, ma petite; mais c'est tant mieux, tu le mérites bien, puisque tu as été assez méchante pour m'abandonner dans ma misère, quand tu pouvais la soulager. Moi qui t'avais sauvée, tu m'as quittée pour aller vivre dans l'abondance chez Mme Beaumont!... Oh! on voit que tu es fièrement soignée, ma petite : tu es toute rougeaude maintenant!

En effet, bien qu'il n'y eût pas beaucoup plus d'un mois que Marcelle était chez Mme Beaumont, la jeune fille était toute changée. Les couleurs de la santé animaient ses joues ; ses yeux avaient repris tout leur éclat et un léger embonpoint remplaçait sa maigreur maladive. Une nourriture saine et de bons soins avaient accompli cette transformation.

Marcelle n'avait rien répondu. La Mayeux reprit :

— Je n'ai pas bonne mine comme cela, moi ; mais, dame ! j'ai tant de peine pour manger un petit morceau de pain ! N'importe, je m'attends à devenir plus à l'aise, et sais-tu sur qui j'ai compté pour en arriver là ?

— Je ne comprends pas, répondit Marcelle tout étonnée.

— Eh bien ! j'ai compté sur toi.

— Sur moi ?

— Oh ! quelle surprise je te cause ? Tu devais cependant bien t'attendre à ce que je viendrais réclamer tes services.

— Mes services, mère Mayeux ?

— Certainement, ma petite.

— Et que voulez-vous que je fasse ?

— Beaucoup de choses....

— Je n'ai pas grand temps à moi, mère

Mayeux; et si ce que vous avez à me demander est long à faire, je ne pourrai pas vous rendre service.

— Assieds-toi là, près de moi, reprit la vieille avec un sourire ironique : nous allons causer un peu.

Non sans frayeur, Marcelle s'assit. La Mayeux continua :

— Tu te plais beaucoup chez Mme Beaumont?

— Oh! oui, elle est si bonne.

— Et si riche, n'est-ce pas?

— Je crois que oui, mais je n'en sais rien.

— Comment! tu ne sais pas si Mme Beaumont est riche?

— Je sais qu'elle est bien charitable, mais voilà tout.

— Mais tu dois voir souvent de l'argent chez elle?

— Je n'y ai jamais fait attention.

— Ah!

Il y eut un moment de silence; puis la Mayeux reprit :

— Tu as beaucoup à travailler à la ferme, n'est-ce pas?

— Mais oui; je soigne le poulailler, le pigeonnier, je viens garder les brebis, enfin je tâche de me rendre utile.

— Alors c'est toi qui ramasse les œufs?

— Oui.

— Toute seule?

— Mais, oui.

— On te laisse aussi aller seule au grenier, n'est-il pas vrai?

— Pourquoi me demandez-vous tout cela, mère Mayeux? interrogea Marcelle, inquiète sans savoir pourquoi.

— Voyons, m'aimes-tu un peu, ma fille? reprit la vieille en évitant de répondre à la question de l'enfant.

— Je me souviendrai toujours que c'est vous qui êtes venue me recueillir, lorsque j'étais abandonnée. Je ne suis pas une ingrate, mère Mayeux; et si je puis vous rendre quelques services, je le ferai avec le plus grand plaisir, vous pouvez en être certaine.

— Tu sais que Mme Beaumont me promit, quand elle t'emmena, de m'envoyer quelques provisions chaque semaine : elle a tenu sa parole.... Mais tu serais bien gentille, si tu te chargeais de faire mon panier, alors tu y glisserais, lorsque tu serais seule, quelques œufs frais, du beurre; même un peu de grain ou des haricots, quand tu pourrais en prendre au grenier....

— Je vous promets que je demanderai tout cela à ma maîtresse.

—Non, non, il ne faut pas le lui demander.

— Mais, alors, je ne pourrai pas le faire.

— Si, puisqu'on te laisse aller seule partout.

— Mais je n'ai pas la permission de prendre ce que je veux. Je ne peux donc pas faire ce que vous me demandez.

— Si, si, tu le peux; aussi je veux que tu le fasses.

— Je ne le ferai que si Mme Beaumont me le permet.

— Mais je te défends de parler de cela à Mme Beaumont.

— Oh ! je sais bien pourquoi.

— Que veux-tu dire ?

— C'est parce que, mère Mayeux, ce que vous me conseillez est bien mal : vous voulez que je vole ma maîtresse.

— Ah ! tu devines trop bien, s'écria la vieille d'un ton de menace ; mais tu n'iras pas, je le jure, raconter tout ceci à personne.

Et, joignant l'action aux paroles, la Mayeux se jeta sur Marcelle et la renversa à terre.

Fort heureusement pour la jeune fille,

un berger passait en ce moment à peu de
distance. Aux cris qu'il entendit, cet
homme entra dans le pâturage. Son arrivée
fit fuir la Mayeux ; mais lorsqu'il se fut ap-
proché de Marcelle, il s'aperçut que, blessée
à la tête, la pauvre enfant avait perdu connaissance.

V.

A la vue de Marcelle qu'on lui ramenait
sanglante et inanimée, Mme Beaumont fut
saisie d'effroi. Mais bientôt, surmontant sa
première impression, elle s'empressa autour de sa chère malade.

Longtemps la jeune fille fut en danger ;
car la terreur que la Mayeux lui avait causée
avait violemment frappé son cerveau. Cependant sa bonne constitution et les soins
assidus qui lui furent prodigués triomphè-
rent de la maladie. Six semaines plus tard,
Marcelle put se lever, entièrement guérie.
Cependant, lorsque le nom de la vieille
mendiante était prononcé devant elle, la
pauvre enfant frissonnait de tous ses
membres, et une sueur froide couvrait son
front.

Mme Beaumont voulut néanmoins savoir ce qui s'était passé entre la Mayeux et la jeune fille ; mais celle-ci la supplia avec instance de ne point exiger d'elle des détails dont le souvenir seul la glaçait de terreur ; cependant, comme à travers ses réticences la jeune enfant disait ce qu'elle voulait cacher, la fermière comprit sans peine ce que la Mayeux avait tenté de lui faire faire, et son attachement et sa confiance pour sa protégée s'en augmentèrent encore.

Grâce aux prières de la jeune fille, la Mayeux ne fut point inquiétée ; mais soit qu'elle craignît que l'on vînt à changer de résolution, soit pour tout autre motif, la méchante vieille quitta tout à coup le pays. Longtemps après on apprit qu'elle était morte dans un hospice de Caen.

Cinq ans s'écoulèrent, cinq ans de calme et de bonheur pour Marcelle. La jeune fille touchait à sa quinzième année. Elle était devenue indispensable à la ferme. Toujours levée la première, son activité était prodigieuse. Rien ne l'effrayait, ne la rebutait ; aussi Mme Beaumont se reposait-elle avec joie sur sa fille adoptive d'une grande partie du travail de la maison.

Lorsqu'elle disait à Marcelle de prendre

un peu de repos, la réponse de celle-ci
était toujours la même :

— C'est à vous, ma bonne maîtresse, à
vous reposer. Je suis grande et forte maintenant ; je puis travailler à votre place.
Contentez-vous de nous surveiller et de
nous aider de vos conseils.

Ces paroles étaient accompagnées d'un
doux sourire et souvent d'un respectueux
baiser ; et, comme le voulait Marcelle,
Mme Beaumont était forcée de prendre du
repos.

Cependant, la fermière rendait la vie
aussi douce que possible à sa protégée.
Les rudes travaux des champs lui étaient
épargnés. Mme Beaumont la traitait plutôt
comme si elle eût été sa propre enfant que
comme une étrangère. Si Marcelle mettait
autant de bonne grâce que possible dans
tout ce qu'elle faisait, de son côté, la fermière lui témoignait la plus vive affection.

Hélas ! tout ce bonheur, toute cette joie
si simple devaient disparaître en un seul
jour !

Après avoir, pendant toute une chaude
après-midi de juillet, surveillé ses faneurs
et vu s'élever de nombreuses meules de
foin, Mme Beaumont se plaignit d'une grande
douleur à la tête. Pendant la nuit, le mal

empira rapidement ; et le matin, quand arriva le médecin, qu'en toute hâte on était allé chercher, celui-ci, au premier coup d'œil, déclara que la maladie serait longue, bien qu'il ne pût encore en préciser la nature.

En effet, la maladie fut longue et grave. Pendant quinze jours, la fermière lutta contre la mort. Enfin, elle entra en convalescence. Mais quelle convalescence, hélas ! Ses mains étaient pour jamais privées de mouvement et la parole lui était ravie !

Dire la douleur de Marcelle serait chose impossible. Après s'être refusé tout repos pendant la maladie de sa chère protectrice, elle se promit de se consacrer tout entière au soulagement de Mme de Beaumont.

La jeune fille lisait dans les yeux de la fermière les moindres désirs de celle-ci et les exécutait presque avant qu'ils fussent formés. Nul ne savait comme elle faire éclore un fugitif sourire sur les lèvres de la paralytique. Aussi s'éloignait-elle un moment, l'œil inquiet de celle-ci la suivait du regard et paraissait la supplier de revenir blentôt.

Deux mois s'écoulèrent ainsi. D'abord, on avait eu l'espoir que l'état de Mme Beaumont ne serait que passager ; mais lorsqu'on vit qu'il se prolongeait, il fallut bien aviser à placer à la ferme quelqu'un qui pût la diriger.

Comme la fermière était restée veuve sans enfants, ses biens devaient revenir, après sa mort, à un frère de son mari, chef d'une nombreuse famille. Ce beau-frère, en sa qualité d'héritier, vint donc s'installer chez Mme Beaumont.

VI.

Marcelle s'inquiéta beaucoup du changement qui survint. Elle craignit, avec quelque raison, que le nouveau maître, qui ne lui avait jamais témoigné de bienveillance, ne voulût point la garder.

Ce n'était pas que la jeune fille fût embarrassée de trouver du travail, mais elle s'affligeait à la pensée d'être peut-être forcée de quitter sa chère protectrice.

Il n'en fut pas d'abord ainsi.

Le fermier, sa femme et ses filles étaient charmés de se reposer sur une autre personne des soins qu'exigeait la paralytique. Marcelle crut donc qu'elle ne quitterait point Mme Beaumont.

Comme par le passé, la jeune fille se rendait utile de toute façon. Nulle plus qu'elle n'était alerte et disposée au travail ; nulle ne la surpassait en courage et en patience. Mais bientôt de tristes découvertes vinrent renouveler ses inquiétudes.

Marcelle vit que, loin de respecter, de plaindre et de soulager l'état de celle qui l'enrichissait, le fermier ne supportait qu'avec impatience la vue de Mme Beaumont, et quelques mots qu'entendit la jeune fille achevèrent de lui briser le cœur.

Quand arrivaient les heures des repas, le fermier prenait place à table avec sa famille, tandis qu'on reléguait Mme Beaumont et Marcelle dans une autre pièce, sorte de cabinet où l'air et la lumière n'arrivaient que faiblement. S'il ne s'était agi que d'elle, la jeune fille eût supporté sans se plaindre cette expulsion ; mais lorsqu'elle voyait une larme briller dans les yeux de sa chère protectrice, son âme tout entière frémissait d'indignation.

Un jour enfin, elle n'y put tenir davantage. Tous les gens de la ferme allaient s'asseoir à table, et déjà la nouvelle fermière avait fait à Marcelle signe d'emmener Mme Beaumont. Mais la jeune fille n'eut point l'air de remarquer ce signe et elle assit la paralytique à la place qu'autrefois elle occupait.

D'abord stupéfait, le fermier entra dans une violente colère.

— Et qui t'a permis d'agir ainsi, insolente ? s'écria-t-il.

— Je ne pouvais pas voir plus longtemps souffrir ma pauvre maîtresse, répondit Marcelle d'une voix douce, mais ferme.

— Quoi ? Qu'est-ce que cela signifie ? reprit le fermier.

— Comme Mme Beaumont est tout à fait bien aujourd'hui, continua la jeune fille, j'ai pensé que vous seriez vous-même très-content de la voir à sa place....

— A sa place ! à sa place ! En voilà de singulières paroles ! Et qui donc commande ici ?

— Je sais bien que c'est vous, répliqua Marcelle, mais vous ne commandez que pour Mme Beaumont.

— Ah ! tu me manques de respect !

— Non, non, répondit la jeune fille. Je serai toujours pour vous une servante respectueuse et soumise; mais, avant vous, je me dois à Mme Beaumont. N'est-ce pas elle qui m'a élevée généreusement, qui m'a mise à même de gagner ma vie? Mais je n'ai pas besoin de faire son éloge: tous ceux qui sont ici connaissent comme moi notre bonne maîtresse. Est-ce qu'à chacun elle n'a pas rendu quelque service qu'on ne peut oublier ?

A ces paroles, dites avec l'ardeur de la reconnaissance, les gens de la ferme parurent se réveiller d'un songe, et, entourant la paralytique avec les démonstrations d'une respectueuse tendresse, ils s'écrièrent : Marcelle a raison.

Le premier mouvement du fermier fut de s'élancer vers Marcelle et de la chasser sur-le-champ, mais une subite réflexion l'arrêta. Il reconnut que la précipitation pourrait lui causer un grand tort, en témoignant contre lui. Il jugea donc prudent de dissimuler ; aussi désigna-t-il à table une place à la jeune fille, puis, s'asseyant près de Mme Beaumont, il fut pour elle, pendant tout le repas, d'une complaisance sans égale.

Sans défiance, Marcelle crut avoir ranimé dans l'âme du fermier les bons sentiments qu'il eût toujours dû avoir pour sa belle-sœur, et, heureuse du résultat qu'elle pensait avoir obtenu, elle ne songea qu'à en faire jouir sa chère maîtresse.

Deux semaines se passèrent ainsi. Le fermier continuait à avoir pour Mme Beaumont les plus grands égards, les domestiques commençaient à oublier la scène qu'avait provoquée Marcelle, lorsqu'un matin, avant le jour, la jeune fille fut réveillée par la fermière.

Tout étonnée, Marcelle demanda de quoi il s'agissait.

— Que tu fasses ton paquet et que tu partes sur-le-champ, lui fut-il répondu.

— Est-il possible! s'écria douloureusement la jeune fille.

— Allons, dépêche-toi! répliqua brusquement la fermière.

— Oh! c'est impossible! Vous ne me chasserez pas! reprit la jeune fille, en joignant les mains.

— Tu crois cela? Eh bien! détrompe-toi. Tu iras ailleurs faire la loi et tu verras si l'on supportera tes impertinences comme nous l'avons fait!

— C'est donc bien vrai! Pourtant, je ne peux pas le croire... Mon Dieu! qu'avez-vous donc à me reprocher?

— Pas tant de jérémiades! fais ton paquet et déguerpis au plus vite.

— Mais enfin vous ne pouvez pas me chasser ainsi; il faut bien que j'aie le temps de chercher une autre place.

— Tu n'es pas ici en place, et nous avons

le droit de te chasser à l'instant. Pars de bonne volonté, si tu ne veux pas que nous disions que tu es une fille dangereuse, que l'on doit se garder d'employer...

Marcelle se redressa vivement.

— Vous ne diriez pas cela, Madame !

— Nous le dirions.

— Mais ce serait une abominable calomnie !

— N'importe, on penserait que c'est la vérité.

— C'est bien, Madame ; je vais partir. Je n'ai pour tout bien que ma réputation d'honnête fille et je ne veux pas la perdre. Mais, au moins, puisque je vous obéis, vous me laisserez dire adieu à Mme Beaumont, n'est-ce pas ?

— Tu ne la verras pas.

— Alors, je vais rester....

— Prends garde, Marcelle.

— Je ne crains rien. Calomniez-moi, faites ce que vous voudrez, je supporterai tout plutôt que d'avoir le chagrin de m'éloigner de ma bienfaitrice, peut-être pour toujours, sans l'embrasser et la remercier encore une fois !

Ces paroles furent dites avec un tel accent de fermeté, que la fermière vit qu'elle ne gagnerait rien à s'opposer à l'entrevue de la jeune fille avec la paralytique.

— Je te cède, lui dit-elle, mais je vais être là....

— Oh! soyez-y; je n'ai rien à dire que j'aie besoin de cacher.

Et, dévorant ses larmes, Marcelle fit de ses vêtements un petit paquet qu'elle plaça sous son bras; puis, suivie de la fermière, elle courut au lit de Mme Beaumont.

A la vue de ces préparatifs insolites, l'œil de celle-ci s'illumina d'un rapide eclair: ses lèvres muettes voulurent articuler quelques mots, mais ne purent livrer passage qu'à un son étouffé.

Marcelle s'agenouilla près du lit, et, saisissant dans ses mains les mains de la paralytique, elle lui dit en pleurant :

— Je vais vous quitter, ma bonne, ma chère protectrice. On m'a envié la joie que j'éprouvais à vous donner tous mes soins. On me renvoie.... Je ne pourrai plus vous témoigner ma reconnaissance pour tout ce que vous avez fait pour moi... Mais, n'importe où je serai, je vous aimerai et vous chérirai toujours. Pensez aussi un peu à moi.... Vous le ferez, n'est-ce pas? Oui, je lis dans vos yeux que vous ne m'oublierez pas. Merci, merci, ma bonne maîtresse.

Oh! mon Dieu! pourquoi faut-il que je vous quitte, moi qui étais si heureuse de vivre près de vous!

Et la jeune fille baignait de ses larmes les mains et le visage de sa bienfaitrice.

Une violente émotion s'était peinte dans le regard de Mme Beaumont; les paroles qu'elle ne pouvait prononcer semblaient jaillir lumineuses de ses yeux, tour à tour menaçants et doux: menaçants, quand ils s'arrêtaient sur sa belle-sœur; doux, lorsqu'ils se reposaient sur Marcelle.

Mais, hélas! qu'étaient des regards contre la volonté de ceux qui causaient cette scène douloureuse?...

Entraînée par la fermière, Marcelle ne put rester plus longtemps près de son ancienne maîtresse, dont l'âme tout entière paraissait la suivre dans une muette contemplation.

Le cœur brisé, la jeune fille dut quitter cette ferme où, pendant quelques années, elle avait été si heureuse. Qu'allait-elle faire? qu'allait-elle devenir? Ces réflexions se présentaient à son esprit; mais ce qui l'absorbait le plus complétement, c'était la pensée de l'abandon où sans doute allait se trouver celle que, dans son cœur, elle se plaisait à nommer sa mère.

VII.

Marcelle se demandait de quel côté elle devait diriger ses pas. Assise sur le revers d'un fossé, d'où elle pouvait encore apercevoir la ferme de Mme Beaumont, la jeune fille, absorbée dans sa douleur, se livrait à de pénibles réflexions.

Un temps assez long s'était écoulé, lorsqu'elle vit venir, par un sentier qui lui faisait face, Mme Dinan, la femme du maire.

— Ah ! se dit Marcelle, comment n'ai-je pas songé de tout suite à cette bonne madame Dinan, qui m'a toujours témoigné tant d'intérêt ? Il n'est pas possible qu'elle se refuse à me venir en aide. Elle a une grande propriété à diriger ; peut-être pourra-t-elle m'employer.

La femme du maire était arrivée près de la jeune fille. Celle-ci se leva, et, saluant poliment :

— Bonjour, madame Dinan, dit-elle d'une voix émue et tremblante.

— Ah ! c'est toi, Marcelle ! Bonjour, ma fille. Mais comment se fait-il que je te trouve à cette heure assise ici et l'air si affligé ?

— C'est qu'il s'est passé de tristes choses chez ma pauvre maîtresse.

— Et quoi donc ?

Marcelle raconta naïvement ce qu'avaient fait le beau-frère et la belle-sœur de Mme Beaumont.

— Ce n'est pas pour moi que je m'afflige le plus, dit-elle en terminant ; car, Dieu aidant, et avec ma bonne volonté, j'espère trouver à me placer avant peu ; mais c'est ma chère maîtresse qui est à plaindre ! Personne ne l'aime comme moi et ne voudra la soigner comme je le faisais.

De grosses larmes roulaient sur les joues roses de la jeune fille et son visage portait l'empreinte d'une profonde douleur.

Indignée et attendrie tout à la fois, Mme Dinan essaya de la consoler.

— Et que vas-tu faire maintenant ? lui dit-elle ensuite.

— Je ne sais encore.... Mais, tenez, Madame, j'avais pensé que peut-être vous pourriez m'occuper....

Marcelle s'arrêta un moment, puis elle reprit :

— Vous savez, Madame, que l'ouvrage ne me fait pas peur ; vous pourriez être certaine que je travaillerais sans relâche. Chez vous j'aurais la consolation de ne pas être éloignée de mon ancienne maîtresse, que peut-être je pourrais aller voir de temps en temps : vous ne pouvez savoir combien cela me donnerait de courage.

— Je n'ai besoin de personne en ce moment ; mais, comme je sais que tu es une bonne fille, je te prends néanmoins. Viens avec moi, et nous allons raconter à mon mari comment agit Nicolas Beaumont. Lui qui est maire, il pourra trouver moyen de veiller sur ton ancienne maîtresse et empêcher qu'on ne lui mène la vie trop dure.

Marcelle se répandit en remercîments et, le cœur plus tranquille, elle suivit Mme Dinan.

Rentrée chez elle, Mme Dinan s'empressa de raconter à son mari le motif qui occasionnait la présence de Marcelle. Le maire ne fut pas moins indigné que ne l'avait été sa femme, et, à la grande joie de la jeune fille, il promit formellement à celle-ci de surveiller avec attention la conduite de Nicolas Beaumont et de faire en sorte de le ramener à de meilleurs sentiments.

M. Dinan ne faillit pas à sa promesse. Dès le lendemain, il se rendit chez Nicolas, auquel il fit les plus sages remontrances.

Le fermier comprit combien sa conduite
devait paraître odieuse; aussi ne put-il que
balbutier quelques mauvaises excuses. Cependant il promit qu'à l'avenir sa belle-
sœur serait traitée avec tous les égards
qu'elle méritait.

—Songez-y bien, Nicolas, lui dit le maire,
au moment de partir, si Mme Beaumont ne
reçoit pas tous les bons soins que vous lui
devez, vous vous exposez aux poursuites
de la justice, et c'est beaucoup plus grave
que vous ne le pensez.

— Mais, monsieur le maire, répondit le
fermier, je ne veux avoir rien à démêler
avec la justice !

— Tant mieux. Je compte sur vos pro-
messes ; mais je n'en aurai pas moins l'œil
sur vous ; et, si vous manquiez à vos engagements , tenez pour certain que je ne
manquerais pas à mon devoir.

A quelques jours de là, Marcelle fut assez
heureuse pour apprendre que Mme Beaumont était beaucoup mieux traitée; mais
toutes les tentatives de la jeune fille pour
revoir sa protectrice furent inutiles. Le fermier et sa femme refusèrent obstinément
de la laisser entrer chez eux. Il fallut bien
qu'elle se résignât. Cependant un violent
chagrin s'emparait souvent d'elle, et le tra-

vail, auquel elle se livrait alors de toutes ses forces et avec une incroyable ardeur, pouvait seul lui rendre le calme.

Chez Mme Dinan comme chez Mme Beaumont, elle se rendait utile de mille manières, aussi le maire et sa femme la prirent-ils en grande amitié et la traitèrent-ils bientôt, non comme une servante, mais en quelque sorte comme si elle eût été leur propre enfant.

Une année s'écoula ainsi. Marcelle aurait été heureuse si, à chaque instant du jour, elle n'eût songé à l'état de sa chère protectrice. Mais quelle ne fut pas sa désolation, lorsqu'un matin elle apprit la mort de Mme Beaumont !

Courir à la ferme et se jeter à genoux près du lit de la morte, fut pour Marcelle l'affaire d'un instant. Son action fut si subite, que le fermier, qui était loin de s'y attendre, ne put s'y opposer. Mais, le premier moment de surprise passé, il voulut faire sortir la jeune fille.

L'œil tout brillant de colère et d'indignation, Marcelle se dressa de toute sa hauteur.

— Venez donc m'arracher d'auprès de ma bienfaitrice, dit-elle d'une voix frémissante... Que craignez-vous de ma présence?

Je ne suis qu'une pauvre servante; je ne puis rien, rien que pleurer celle à qui je dois tant!... Lorsqu'elle vivait, vous m'avez empêchée de lui donner mes soins; vous m'avez chassée, parce que je l'aimais et parce qu'elle m'aimait; mais aujourd'hui, vous ne m'empêcherez pas de veiller près son corps : pour cela, il faudrait m'arracher de force d'ici!

A cette véhémente apostrophe, le fermier, interdit, pensa que le parti le plus sage était de laisser la jeune fille à la place qu'elle s'était choisie. D'ailleurs, la joie de se trouver enfin possesseur de l'héritage de sa belle-sœur l'avait rendu plus conciliant; aussi s'éloigna-t-il sans insister davantage. Sa femme et ses filles suivirent son exemple.

Restée seule avec une garde, Marcelle put en toute liberté donner cours à sa douleur.

. . . .

Le lendemain, sur la tombe de sa bienfaitrice, la jeune fille prononçait ces paroles dans le fond de son cœur :

« O vous qui avez été ma seconde mère, je vous promets de faire en sorte de toujours me montrer digne de vos bontés. Du haut du ciel, veillez sur moi, protégez-moi et obtenez que je n'oublie jamais vos bontés.... »

Longtemps encore, Marcelle pria ainsi, et la nuit seule put la forcer à quitter le cimetière.

VIII.

Pendant plusieurs mois, Marcelle fut en proie à un chagrin profond, qui lui ôtait à la fois tout courage et toute force. Cependant, appelant enfin la religion à son aide, elle parvint à surmonter sa douleur et elle reprit avec assiduité ses travaux. Pourtant, malgré elle, de sombres pressentiments venaient souvent la troubler.

« Mon Dieu ! se disait alors la pauvre enfant, je suis bien coupable de m'inquiéter ainsi : la Providence ne veille-t-elle pas sur nous tous? »

Marcelle se remettait alors au travail avec plus d'ardeur que jamais.

Pendant deux années encore, ses pressentiments ne se réalisèrent pas. M. et Mme Dinan continuaient à la traiter avec la plus grande bienveillance, et l'avenir semblait devoir être pour elle à l'abri de nouvelles déceptions; mais, vers la fin de la troisième année de son séjour chez le maire, Mme Dinan appela un matin la jeune fille.

— Marcelle, j'ai à te parler; viens dans ma chambre, lui dit-elle.

Marcelle obéit.

— Ecoute, ma pauvre enfant, reprit Mme Dinan, j'ai de bien tristes choses à te dire... Je me confie à toi, parce que je sais que tu es raisonnable et discrète... Marcelle, nous sommes ruinés!...

— Oh! serait-il possible! exclama la jeune fille.

— C'est vrai, Marcelle.... Nous allons être obligés de quitter cette maison.... Mais ce qui m'afflige beaucoup, c'est que je n'ai pu faire consentir notre successeur à te garder. Il amène avec lui ses servantes et ses domestiques ; il ne gardera personne de chez nous.

— Comment tant de malheur a-t-il pu vous arriver? interrogea doucement la jeune fille.

— Une chose en amène une autre. Tu sais que nous avons perdu tous nos bestiaux, il y a dix-huit mois; la grêle a ensuite ravagé nos récoltes.... Puis, un gros procès que nous avons perdu, et enfin....

Mais, pourquoi rappeler tous ces souvenirs douloureux? Qu'il te suffise de savoir que, pour satisfaire à nos engagements, il nous a fallu vendre cette propriété. Grâce à Dieu, nous avons pu trouver un acquéreur tel que nous le désirions... Mais, revenons à toi, ma pauvre Marcelle... Il va falloir que tu nous quittes.

— Vous quitter, Madame!... Encore une fois, voilà mon bonheur détruit! Moi qui avais espéré ne jamais me séparer de vous!

—Il le faut cependant, ma chère enfant.

— Mais ne pourrais-je pas vous accompagner? Oh ! madame, permettez-moi de vous suivre dans votre nouvelle demeure !

— Cela n'est pas possible, Marcelle, je dois restreindre nos dépenses....

— Je ne veux pas être payée, interrompit vivement la jeune fille. Je serai trop heureuse de rester près de vous, Madame...

— Je n'attendais pas moins de ton bon cœur, interrompit à son tour Mme Dinan; mais je ne puis abuser ainsi de ton dévouement pour nous. Ce que tu viens de me dire est pour moi une grande consolation dans mon malheur, et je ne l'oublierai jamais, sois-en sûre; mais je ne saurais profiter de ton inexpérience. Tu es jeune, active, laborieuse; tu peux trouver à te placer avantageusement.

— Si avantageusement que je le sois, Madame, je me souviendrai toujours des trois années que j'ai passées chez vous, répondit la jeune fille les yeux brillants de larmes.

—Marcelle, reprit Mme Dinan, j'ai encore quelque chose à te dire.... Voici ce que je te dois : ce sont tes gages de cette année et tes économies, que tu m'as confiées. J'y ai joint une petite somme.... Accepte-la comme souvenir de l'amitié que j'ai pour toi.... Embrasse-moi et séparons-nous.

La jeune fille voulut encore insister pour suivre sa maîtresse, mais Mme Dinan s'y opposa formellement.

—Tu peux rester avec nous, ajouta-t-elle, jusqu'à ce que tu aies trouvé à te placer, ailleurs ; mais, dans ton intérêt, j'exige que tu nous quittes au plus tôt. Je ne t'en aimerai pas moins, ma chère enfant, et ce sera toujours avec grand plaisir que je te reverrai.

Marcelle se jeta dans les bras de Mme Dinan.

Après un moment de silence, celle-ci reprit :

— Une de mes cousines est établie couturière à Pont-l'Évêque; c'est une excellente personne, chez laquelle tu serais fort bien.... Voudrais-tu être couturière? Si cela pouvait te convenir, je te donnerais un petit mot pour ma cousine : je suis certaine qu'elle te prendrait de suite. Peut-être cela te vaudrait-il mieux que de rester domestique. Qu'en penses-tu?

—Je ne demanderais pas mieux, Madame, si j'espérais réussir. Mais votre cousine voudrait-elle d'une pauvre paysanne aussi ignorante que moi?

— Sois tranquille. Sur ma recommandation, il est impossible que tu ne sois pas bien reçue. Veux-tu essayer?

—Très-volontiers, Madame; je suis toute décidée.

— Eh bien! va faire tes préparatifs; pendant cela, je vais aller voir la sœur de monsieur le curé, qui se trouve à Gonneville depuis quelques jours; elle repart aujourd'hui pour Sainte-Melaine, je la prierai de t'emmener avec elle; et puis, je vais t'écrire ma petite lettre pour ma cousine.

—Ah! Madame, votre bonté me confond et me fait regretter de vous quitter plus encore, ce me semble, que je n'aurais pu le croire!

—Ne parlons pas de cela. Fais ce que je

te dis et songe que nous sommes de revue.

Marcelle, les larmes aux yeux, se retira dans sa petite chambre.

IX.

Le soir même, Marcelle arrivait à Pont-l'Évêque. Elle pria la sœur de monsieur le curé de Gonneville de lui permettre de l'accompagner chez elle, à Sainte-Melaine, et d'y déposer provisoirement ses effets; ce qui lui fut accordé.

Sainte-Mélaine, sorte de faubourg de Pont-l'Évêque, se trouve à l'extrémité opposée à celle par laquelle arrivaient les deux voyageuses. On y fut bientôt parvenu. En traversant la ville et près de la place du Marché, Marcelle avait aperçu une enseigne blanche, portant en lettres bleues l'inscription suivante : *M*^{me} *veuve Perraud, lingère et couturière, tient aussi les articles de modes et de mercerie.* Une violente émotion s'était emparée du cœur de la jeune fille : c'était chez Mme Perraud qu'elle devait se présenter; arrivée à Sainte-Mélaine, son émotion n'était pas dissipée; cependant, comme la nuit approchait, elle se hâta de revenir sur ses pas. Sept à huit minutes plus tard, elle se trouvait de nouveau en face du magasin de la couturière.

Marcelle, timide jeune fille de la campagne, redoutait son entrevue avec la cousine de Mme Dinan, bien que celle-ci lui eût assuré qu'elle serait fort bien reçue. Elle fut un moment indécise : entrerait-elle? n'entrerait-elle pas? Enfin, la timidité l'emporta, et, pour retrouver un peu de calme, elle retourna sur ses pas; mais bientôt, rebroussant chemin, elle ne tarda pas à dépasser le magasin de la couturière, traversa le pont jeté sur la Touque, et, après avoir fait encore une centaine de pas, aperçut l'église sur sa droite. Elle y entra; une courte mais fervente prière lui rendit le courage. Marcelle sortit de l'église pleine de confiance en la Providence, et, quelques instants après, elle pénétrait dans le magasin de Mme Perraud.

Une dame vêtue de noir, paraissant âgée de trente-cinq à quarante ans, à l'air bon, quoique sévère, vint au-devant de la jeune fille.

— Que désire mademoiselle? demanda-t-elle.

— Je viens, recommandée par Mme Dinan, de Gonneville, parler à Mme Perraud, sa parente, répondit Marcelle en saluant.

— C'est moi qui suis Mme Perraud, Mademoiselle ; mais puisque vous venez de la part de ma cousine, veuillez me suivre dans mon cabinet : nous serons plus à l'aise.

Puis s'adressant à une jeune fille d'une vingtaine d'années :

— Juliette, lui dit-elle, vous veillerez au magasin.

L'ouvrière à laquelle s'adressaient ces paroles s'inclina. Alors, suivie de Marcelle, Mme Perraud pénétra dans un petit cabinet formé d'une partie de l'arrière-boutique.

— Maintenant, reprit-elle, que puis-je pour vous, mon enfant ?

Marcelle, intimidée, présenta la lettre de Mme Dinan.

La marchande la lut avec attention, s'interrompant par instants, pour examiner la physionomie de la jeune fille.

Cet examen fut sans doute favorable à Marcelle, car Mme Perraud l'interrogea avec une grande bienveillance.

— Et vous êtes décidée à vous faire couturière ? lui demanda-t-elle.

— Oui, Madame.

— Sans la recommandation de ma cousine, je ne prendrais pas une nouvelle apprentie ; mais on m'assure que vous avez

de la bonne volonté, que vous êtes travail-
leuse : cela me décide. Pourtant une question.... L'apprentissage est ordinairement
de trois années. On ne commence à être
payé qu'au bout de ce temps. Acceptez-
vous ces conditions ?

— Oui, Madame; rien ne me coûtera
pour apprendre un état qui puisse me permettre de gagner ma vie.... Une chose
m'effraie cependant ; je n'ai que peu d'argent, 200 fr. en tout. Je ne pourrai pas,
avec cette petite somme, me loger et me
nourrir pendant trois ans....

— Rassurez-vous, interrompit Mme Perraud : j'ai pour habitude de loger mes apprenties, lorsqu'elles ne sont pas de la ville ;
ainsi de ce côté pas d'inquiétude ; pour le
reste, je m'en charge également; en retour, vous m'aiderez dans mon ménage.
Cela vous convient-il ?

— Oh ! Madame, vous êtes aussi bonne
que me l'avait dit ma maîtresse. J'accepte,
oui, j'accepte avec bien de la joie; mais
vous ne recevrez pas chez vous une ingrate. Vous verrez comme je travaillerai !

— Bien, répondit en souriant la marchande ; mais maintenant avisons au plus
pressé; il est tard, et sans doute vous n'avez
pas soupé ?

— C'est vrai, mais je n'y pensais pas. J'ai eu tant de chagrin de quitter M. et Mme Dinan, qui ont été si bons pour moi !... Et puis, j'étais bien inquiète, je ne savais pas si vous auriez voulu m'écouter....

— Alors, puisque vos inquiétudes sont dissipées, allons dîner tranquillement, répliqua Mme Perraud en agitant une sonnette.

Marcelle entra avec sa nouvelle maîtresse dans une salle à manger contiguë au cabinet.

Cinq jeunes filles arrivèrent presque en même temps, obéissant à l'appel de la sonnette.

Ces cinq jeunes filles étaient les ouvrières et les apprenties de Mme Dinan. Marcelle leur fut présentée ; puis l'une d'elles disposa sur la table un repas simple mais abondant, et après que la maîtresse de la maison eut dit le *Benedicite*, chacune prit la place qui lui était assignée.

X.

Marcelle tint la promesse qu'elle avait faite à Mme Perraud. Ce fut avec toute sa bonne volonté, toute son application, qu'elle se mit au travail. Cependant les premiers jours lui semblèrent extrêmement longs, et cela se comprend facilement.

Habituée au grand air de la campagne, au va-et-vient continuel d'une ferme, la jeune fille souffrait d'être retenue la journée presque tout entière sur une chaise et courbée sur un ouvrage de couture. Sa santé s'altéra et son joli visage, si frais, devint pâle et maigre.

Cet état maladif ne fut que passager. Mme Perraud veillait sur son apprentie avec la sollicitude d'une mère. Les qualités de Marcelle la lui avaient fait beaucoup aimer; aussi s'efforça-t-elle de combattre le malaise qui s'était emparé de la jeune fille; elle y réussit. Au bout de quelques mois, Marcelle recouvra sa douce gaîté et sa santé florissante.

Dès le matin, conservant ses habitudes de paysanne, la jeune fille se levait, alerte et de bonne volonté, et mettait gaîment en ordre le petit ménage de sa maîtresse. Puis, lorsque tout était prêt, gaîment encore elle prenait sa place à l'atelier, et, concentrant toute son application, elle parvenait au degré de perfection que pouvait exiger l'ouvrage qui lui était confié.

Et puis, Marcelle était si douce, si bonne, si complaisante envers ses compagnes, si respectueuse, si soumise, si reconnaissante envers sa maîtresse ! Aussi tout le monde l'aimait-il, et chaque jour Mme Perraud s'applaudissait-elle d'avoir admis la jeune fille chez elle.

Rien n'aurait troublé l'existence de Marcelle, sans les souvenirs qui parfois l'agitaient bien profondément. Alors, dans une triste rêverie, elle revoyait le doux visage de Mme Beaumont, la sombre figure de la Mayeux, la bienveillante physionomie de Mme Dinan.

« Ah ! se disait-elle en ces moments, deux fois je me suis trouvée heureuse, deux fois j'ai cru que ma vie aurait une place stable, et deux fois j'ai été cruellement trompée ! Le serais-je de nouveau ? Mme Perraud est si bonne pour moi, je me trouve si bien chez elle, que je crains un malheur nouveau.... Il me semble que je suis destinée à ne pouvoir couler en paix mon existence. Que m'arrivera-t-il encore ? Je n'ose y songer. »

Ces tristes pressentiments ne se réalisèrent pas. Deux années se passèrent, et, au bout de ce temps, Marcelle était devenue une excellente ouvrière. C'était avec confiance que Mme Perraud pouvait lui remettre n'importe quel travail; toujours ce travail était accompli avec un soin, une exactitude, une promptitude admirables.

Un matin, Mme Perraud appela la jeune fille dans sa chambre.

— Ecoute-moi, ma chère Marcelle, lui dit-elle.

Marcelle s'inclina et attendit.

— Voilà deux ans que tu demeures chez moi, poursuivit Mme Perraud, et depuis cette époque je n'ai pas eu le plus léger reproche à t'adresser. Non-seulement ta conduite a été parfaite, mais encore tu as largement profité de mes conseils et de mes leçons; aussi je veux t'en récompenser. L'apprentissage est, d'ordinaire, de trois années; mais comme tu as, par ton intelligence et par ton travail, dépassé de beaucoup ce que j'attendais de toi, de ce jour tu es ouvrière, et je te paierai en conséquence.

— Oh! Madame, serait-il possible!

— Oui, Marcelle; car je ne veux pas abuser de ton travail et de ta bonne volonté. Je ne mettrai à ceci qu'une condition: c'est que tu resteras chez moi au moins encore deux années....

— Quoi! Madame, auriez-vous pensé

que je vous quitterais?... interrompit douloureusement Marcelle.

— Calme-toi , ma chère enfant. Je vois
avec plaisir que si j'ai eu cette mauvaise
pensée, elle ne se réalisera pas ; aussi, dès
à présent, tu es au nombre de mes ouvrières et tu seras payée comme elles. Eh
quoi! tu pleures? Mais qu'as-tu donc?

— Ah! Madame, c'est votre bonté qui
me touche. En quoi ai-je mérité tant de sollicitude de votre part?... Et puis, faut-il le
dire? malgré moi, je crains.... Je ne saurais
expliquer cette crainte; mais, pour moi,
elle est invincible. Il me semble que je
suis trop heureuse et que ce bonheur ne
durera pas....

— Il faut chasser ces pensées noires, ma
chère Marcelle. L'avenir est dans les mains
de Dieu, que nous devons bénir, en nous
soumettant aux décrets de sa providence,
n'importe ce qu'il nous réserve. Eh! ne
sais-tu pas que toujours elle proportionne
ses grâces à nos épreuves et à nos besoins?
Allons, ma fille, essuie tes yeux, reprends
ta sérénité et va commencer ta journée.

—Merci de vos bonnes paroles, Madame;
mais j'ai encore une autre demande à vous
faire : voudrez-vous me l'accorder ?

— Et quoi?

— Permettez-moi de vous embrasser, chère madame ; car, dans mon cœur, j'unis votre nom à celui de Mme Beaumont, ma maîtresse tant regrettée, et je veux vous aimer ainsi que je l'aimais : comme ma mère.

Tout attendrie, Mme Perraud serra la jeune fille dans ses bras.

Marcelle était dans le ravissement.

—Ah! Madame, s'écria-t-elle, promettez-moi encore de ne plus songer que je pourrais être assez ingrate pour vous quitter !

— Je te le promets.

— Merci, Madame, merci !

Le cœur débordant de joie, la jeune fille se rendit à l'atelier.

XI.

Deux années, paisibles et heureuses pour Marcelle, s'écoulèrent encore. La jeune fille était devenue une des premières ouvrières de Mme Perraud, qui souvent se reposait sur elle de la conduite de l'atelier. Cette vie de calme travail lui était devenue favorable. Elle allait avoir vingt-deux ans; son visage, sans être paré des éclatantes

couleurs que donne l'air de la campagne,
annonçait la santé ; ses grands yeux bleus
avaient une expression de douceur charmante ; sa bouche, un peu sérieuse, sou-
riait pourtant avec bienveillance ; d'abon-
dants cheveux bruns encadraient son front
pur ; tout enfin dans la physionomie comme
dans les manières de la jeune fille attirait
vers elle. Chose étrange et qui prouvait le
tact en même temps que les bonnes qualités de Marcelle, ses compagnes n'étaient
point jalouses de la faveur que lui témoignait Mme Perraud.

On était au commencement de la cin-
quième année, depuis que Marcelle demeu-
rait chez la maîtresse couturière. C'était
en janvier ; le froid se faisait sentir avec
une intensité tout à fait inaccoutumée, de
telle sorte que la Touque, malgré son cours
assez rapite, était en partie gelée ; aussi
personne ne sortait, à moins d'affaires ur-
gentes.

Réunies dans la salle à manger, les ouvrières et les apprenties de Mme Perraud
devisaient gaîment autour d'un bon feu, en
attendant l'heure du coucher.

Dix heures sonnèrent. Les jeunes filles
et leur maîtresse firent la prière en com-
mun, puis l'on se sépara.

Vers le milieu de la nuit, Marcelle fut réveillée par une lueur rouge ardente qui illuminait sa chambre entière, en même temps qu'une épaisse fumée l'envahissait.

Saisie d'effroi, la jeune fille se revêtit à la hâte des premiers effets qui lui tombèrent sous la main, puis elle se précipita dans l'escalier pour aller au secours de sa maîtresse.

L'escalier était rempli de fumée, et ce fut à demi suffoquée que Marcelle parvint à la chambre de Mme Perraud.

—Éveillez-vous! éveillez-vous, Madame! cria-t-elle.

— Qu'y a-t-il donc ?

— Le feu ! le feu !

Un cri de terreur vint répondre à cette annonce.

— Je vais éveiller les ouvrières et appeler du secours, ajouta Marcelle.

Déjà plusieurs des jeunes filles avaient entendu le cri de Mme Perraud et les paroles de Marcelle et bientôt toutes furent réunies dans la chambre de leur maîtresse.

Le feu gagnait avec rapidité; aussi le premier mouvement de ces pauvres femmes fut-il de s'élancer dans la rue.

Un spectacle terrible les y attendait.

Des gerbes de flamme s'élevaient de tous

les points de la maison et laissaient peu d'espoir de pouvoir éteindre l'incendie.

Cependant tout le quartier avait été mis en émoi par les cris des ouvrières et de tous côtés arrivaient des personnes de bonne volonté. Mais, hélas ! les secours, à cette époque, n'étaient point organisés comme ils le sont actuellement, et on se bornait volontiers à jeter quelques sceaux d'eau sur le foyer de l'incendie et à déménager quelques meubles, en les endommageant souvent autant que si le feu les eût atteints.

Pour comble de malheur, la Touque était en partie gelée, et il en était de même de la Calonne, autre petite rivière qni se trouvait également à peu de distance du sinistre.

Ce que purent faire les hommes réunis devant la maison de Mme Perraud, ce fut de prendre des mesures pour que l'incendie ne se propageât point et de chercher à sauver les meubles et le linge de la maîtresse couturière, et chacun s'y employa avec ardeur.

Debout à la fenêtre d'une maison voisine dans laquelle on l'avait fait entrer presque de force, Mme Perraud offrait l'image de la plus profonde désolation. Grand en effet était son malheur : en uu instant elle perdait le fruit de quinze années de travail et de veilles !

Marcelle s'efforçait en vain de la calmer. La pauvre femme ne voulait rien entendre.

Tout à coup elle se leva et d'un bond fut à la porte.

— Au nom du ciel, où allez-vous, Madame ? s'écria Marcelle avec force, en retenant sa maîtresse.

— Laisse-moi ! laisse-moi !

— Non, vous ne sortirez pas. Votre présence est inutile.... Je vous en prie, restez ici, restez !

— Mais tu ne sais pas, Marcelle, que dans mon cabinet.... dans le secrétaire.... se trouvent des papiers précieux ; s'ils brûlent, je suis totalement ruinée. Laisse-moi donc, laisse-moi sortir !

— J'y vais aller, moi. Je suis jeune, je suis forte ; je parviendrai plus facilement que vous,

Et, recommandant sa maîtresse à quelques voisins réunis dans l'appartement, rapide comme l'éclair, Marcelle sortit, se dirigeant vers la maison que le feu dévorait.

Ce n'allait bientôt ptus être qu'un monceau de décombres. Un seul côté restait debout; c'était celui où se trouvait le cabinet. Marcelle s'y élança... Vainement avait-on voulu la retenir. Vainement s'était-on efforcé de lui barrer le passage....

D'abord la fumée, l'air ardent la suffoquèrent; mais, s'armant du signe de la croix, elle courut avec résolution dans le cabinet.... Le secrétaire était là ; mais, ô douleur ! il était fermé à clef... Aura-t-elle la force de vaincre ce nouvel obstacle ?... Elle joignit les mains dans une suprême angoisse.... Dieu veillait sans doute sur elle.... Un lourd marteau, oublié par quelqu'un des hommes qui s'étaient efforcés d'éteindre l'incendie, s'offrit à sa vue : elle s'en saisit. En un instant, les tiroirs volèrent en éclats.

Faire un paquet des papiers qui se trouvaient dans le secrétaire, s'emparer de l'argent et de quelques bijoux qui y étaient renfermés, ce fût pour la jeune fille la durée d'une minute; puis, haletante, elle rentra vivement dans la boutique. Une colonne de flammes lui barra le passage.... Intrépide, elle s'élança vers la porte et vint tomber dans les bras de Mme Perraud, qui n'avait pu résister à l'angoisse que lui avait causée la résolution de la jeune fille et qui avait voulu courir à son secours.

— Voici les papiers, l'argent, murmura-t-elle d'une voix mourante, et elle perdit connaissance.

Au même moment, la maison s'écroulait tout entière, ne laissant plus voir qu'un monceau de débris, dernière proie des flammes.

On s'empressa alors autour de Marcelle.

— Ah! c'est ma faute, c'est moi qui l'ai tuée! Je n'aurais pas dû là laisser faire!... s'écria avec désespoir Mme Perraud, en couvrant de baisers le visage de la jeune fille.

Un médecin se trouvait-là.

— Calmez-vous, Madame, dit-il en s'adressant à Mme Perraud; l'émotion que cette jeune personne a éprouvée, les brûlures qu'elle a reçues nécessiteront un traitement fort long, mais je ne crois pas que ses jours soient en danger.

— Dieu veuille qu'il en soit ainsi, murmura Mme Perraud. Et elle ajouta mentalement : Je n'épargnerai rien pour que ma chère Marcelle soit promptement rétablie.

XII.

Assise au chevet de Marcelle, Mme Perraud attend son réveil avec une sollicitude inquiète. Depuis plus d'un mois la jeune fille est en proie à une fièvre ardente, et pendant un moment on a presque craint pour ses jours. C'est que, outre l'émotion qu'elle avait ressentie, de cruelles brûlures l'avaient atteinte. Mais, grâce à Dieu, elle allait bien maintenant, et le moment n'était pas éloigné où elle pourrait quitter son lit de souffrance et reprendre ses paisibles occupations.

Mme Perraud attendait depuis longtemps que la malade ouvrît les yeux ; enfin, Marcelle fit un léger mouvement ; puis apercevant sa maîtresse :

— Bonjour, Madame, dit-elle avec un gracieux sourire.

Mme Perraud l'embrassa tendrement.

— Et comment te trouves-tu ce matin? lui demanda-t-elle.

— Oh! très-bien, répliqua Marcelle ; j'ai parfaitement dormi, et ce sommeil m'a tout à fait soulagée ; aussi j'espère qu'avant peu je vais pouvoir me lever....

— De la patience, Marcelle, de la patience, interrompit Mme Perraud ; le médecin seul peut décider cette question. Il faut être bien raisonnable, ma chère fille, afin qu'aucune rechute ne vienne arrêter ta

convalescence, lorsqu'elle sera commen-
cée.

— Vous êtes mille fois trop bonne, chère
madame, et vraiment je suis presque hon-
teuse de toute votre sollicitude, parce que,
grâce à vous, je vais devenir tout à fait
paresseuse.... Ah ! vous avez en moi une
docile malade, qui se laisse volontiers soigner bien longtemps après qu'elle pourrait se passer de soins....

— Ne parle pas de cela, interrompit
Mme Perraud, d'autant plus que tu ne peux
toi-même juger si les soins que l'on te
donne sont nécessaires ou non.... Parlons
d'autre chose.... Peux-tu m'entendre parler affaires, Marcelle ?

— Oh! certainement, car je me sens fort
bien ; mais, hélas ! ma pauvre maîtresse,
qu'allez-vous m'apprendre?... De bien
tristes choses, n'est-ce pas ? Mon Dieu!
suis-je donc malheureuse de ne pouvoir
vous être utile en rien !

— Et si je te disais que je suis à la tête
d'une maison nouvelle, encore mieux acha-
landée que l'ancienne ; que mes affaires ont
repris d'une manière inespérée et que c'est à
peine s'il me faudra deux ou trois années
pour me relever de la perte que j'ai éprouvée?

Marcelle joignit les mains avec force, et levant sur Mme Perraud un regard de joie et de bonheur :

— Serait-il possible ! dit-elle. Que Dieu soit béni ! car c'était pour moi un bien cruel chagrin de penser que les privations et les soucis allaient peut-être devenir votre partage !

— Il n'y a plus aucune crainte à ce sujet. Mais tu ne me demandes pas qui m'a donné ce bonheur.

— Que voulez-vous dire ?

— Que tu oublies de me demander le nom de celle à qui je dois la sympathie dont on m'entoure.

— Je ne comprends pas du tout.

— Eh bien ! je vais te faire comprendre. Lorsque tu t'es si courageusement exposée pour sauver de la destruction les papiers que renfermait mon secrétaire, tu m'as conservé une bonne partie de ce que je possédais, car ces papiers étaient des titres dont la destruction m'aurait complétement ruinée. Je n'ai donc perdu qu'à peu près toutes mes marchandises et mes meubles. Ç'a été cependant un grand malheur pour moi, et au premier moment j'ai été découragée, d'autant plus qu'une autre cause bien cruelle venait me torturer : c'était l'état dans lequel je te voyais, ma pauvre Marcelle.... Je me reprochais d'avoir, par mes paroles, provoqué ta généreuse action, et je frémissais lorsqu'à chaque visite le médecin s'éloignait en secouant la tête, sans me donner aucun espoir.... Dire ce que je souffrais alors me serait impossible....

Marcelle attira Mme Perraud vers elle et lui donna un baiser bien tendre que la marchande lui rendit avec effusion.

— Malgré mon chagrin, dit Mme Perraud, j'ai dû songer à relever mon commerce. Ton dévouement m'avait porté bonheur. J'ai trouvé dans chacun bienveillance et sympathie. Un magasin était à louer en face du marché. Je suis allée le voir, et le propriétaire m'a fait des conditions très-bonnes.... Dès le lendemain, après t'avoir quittée, et lorsque j'étais occupée à ranger dans les rayons quelques marchandises échappées à l'incendie, j'ai été tout étonnée de recevoir coup sur coup des commandes fort importantes de Mme la sous-préfète, de Mme la mairesse et de plusieurs autres dames notables de la ville.... Je crus qu'il y avait erreur et je courus chez ces dames leur expliquer ma triste position.

Mme la sous-préfète me répondit :

« Rassurez-vous, madame Perraud ; il n'y a point erreur. J'ai été très-touchée lorsque j'ai appris l'héroïque dévouement de l'une de vos ouvrières ; en outre, je vous ai en grande estime, car vous êtes la loyauté même ; je me suis concertée avec quelques-unes de mes amies, et c'est à la suite de cela que nous vous avons envoyé nos commandes. Il n'importe quand elles seront exécutées ; aussitôt que vous le pourrez, voilà tout ce que nous vous demandons. »

Je remerciai Mme la sous-préfète avec effusion, et, joyeuse comme je ne l'avais pas été depuis longtemps, je rentrai chez moi.

On eût dit que la ville entière s'intéressait à moi : les chalands ne désemplissaient pas mon magasin, et j'ai écoulé mes vieilles marchandises ; avec leur prix j'ai fait de nouveaux achats, de telle sorte que je suis en train de remplir les commandes qui m'ont été faites....

Mme Perraud s'interrompit.

— Ces bonnes nouvelles vont me causer un bien infini, dit alors la jeune fille. Je suis sûre que je vais pouvoir me lever sans aide aujourd'hui même.

— Si toutefois le docteur te le permet, ma fille, reprit la marchande. Mais tu ne me demandes pas quelle place je t'ai réservée dans ma nouvelle demeure..

— Quelle place? répéta Marcelle tout étonnée.

— Oui, quelle place?... Penses-tu rentrer comme ouvrière à l'atelier?

— Je ne comprends pas, dit Marcelle toute tremblante.

— Tu ne comprends pas? Eh bien! cela veut dire, ma bonne, ma chère fille, que c'est réellement désormais que je te donnerai ce titre ; car, par un acte en règle, je veux t'instituer ma seule et unique héritière.

— Cela n'est pas possible, Madame....

— C'est possible, puisque je le veux. Si je suis à même de reprendre mon ancienne position ; n'est-ce pas à toi que je le dois ?... Marcelle, je serais une ingrate, si je ne récompensais ton dévouement. Je t'aimais déjà comme mon enfant, je veux que tu jouisses des mêmes prérogatives que si tu l'étais en réalité ; je puis d'autant mieux le faire que je n'ai ni parents proches ni éloignés auxquels le mince héritage que je pourrai laisser puisse être fort nécessaire, tandis qu'il t'assurera une position honorable.

— Oh! Madame, s'écria Marcelle, je veux

vous remercier de toute mon âme, vous dire combien votre bonté me rend heureuse et fière ; mais permettez-moi, ma chère, ma bonne maîtresse, de ne pas accepter vos bienfaits. Grâce à vous, ma situation est meilleure que je n'aurais jamais osé l'espérer. Que puis-je désirer de plus ? Si j'ai eu le bonheur de vous être un peu utile, ne me l'enlevez pas en voulant me récompenser au-delà de ce que je mérite. Votre amitié me suffit ; gardez-la moi, en me permettant de rester toujours près de vous. Voilà seulement ce que je désire, Madame, rien de plus.

Mme Perraud essaya vainement de combattre la résolution de Marcelle ; la jeune fille était inébranlable dans son désintéressement.

— Au moins, dit enfin la marchande, si tu refuses que je te traite comme mon enfant, ma chère Marcelle, tu consentiras à ce que je voie en toi une associée.

— Si cela se pouvait, j'en serais certes ravie ; mais je n'ai rien à vous apporter....

— Rien ! interrompit vivement Mme Perraud. Je trouve, Marcelle, que tu m'apportes des trésors inestimables : ton travail assidu, ton dévouement, ta douceur.... Aussi, dès ce soir, je vais faire dresser l'acte de notre association. Dieu soit loué ! je pourrai faire quelque chose pour toi !

Marcelle voulut encore protester, mais ses protestations furent étouffées dans mille baisers par Mme Perraud. Elles se tenaient encore embrassées lorsque le médecin vint faire sa visite habituelle.

— Je suis étonné, dit-il, après avoir attentivement examiné Marcelle, du mieux sensible de notre malade. Toute trace de danger a disparu. Mademoiselle pourra se lever dès aujourd'hui.

— Ah ! dit Marcelle, en prenant une main de Mme Perraud et la serrant avec force dans la sienne, c'est vous qui m'avez guérie !

XIII.

Quinze jours plus tard Marcelle était assise au comptoir du nouveau magasin de Mme Perraud.

La jeune fille était encore bien pâle, mais cette pâleur lui seyait à merveille et la rendait plus touchante que jamais. Assise près d'elle, Mme Perraud l'examinait de temps en temps avec sollicitude.

— Que je suis bien ici ! dit la jeune fille : je me sens renaître ; les jours passés ne sont plus qu'un rêve, tout me sourit. Ah ! que je me trouve heureuse !

— Ces paroles me font du bien, répliqua Mme Perraud, car elles me prouvent ta parfaite guérison : on ne se sent jamais si joyeux, si dégagé de tout fâcheux souvenir, lorsque la maladie laisse encore de fâcheuses traces. Mais je ne veux pas que tu te fatigues. Laisse là ce travail.

— Non, chère madame, car il ne demande pas beaucoup d'attention. Je puis sans efforts le continuer.

Et tout doucement, en effet, Marcelle continua son petit ouvrage de coutume.

Par moments elle s'interrompait pour jeter un regard autour d'elle et passer en revue tout ce qui l'entourait.

— Tu le vois, dit Mme Perraud, j'ai essayé de donner à ce nouveau magasin la physionomie de l'ancien. C'est pour moi une jouissance de retrouver nos habitudes ; ce sont peut-être des manies, mais on ne peut que difficilement les oublier.

— Ce que vous appelez manies, chère madame, répondit Marcelle, c'est de l'ordre, ce sont des souvenirs ; et pour moi ils seront toujours précieux.

— Je sais que tu es une flatteuse, Marcelle, et que rien ne pourrait te résoudre à me donner jamais tort.

— Auriez-vous des torts, Madame, que je devrais ne les point voir; et comme, au contraire, en vous je n'ai qu'à admirer, je le fais en bénissant la Providence, qui a bien voulu me donner votre appui.

La conversation se prolongea longtemps sur ce ton : Marcelle avait tant à écouter et Mᵐᵉ Perraud tant à raconter !

Puis ce fut le tour des anciennes compagnes de la jeune fille. Pendant la maladie de celle-ci, nulle n'avait négligé de venir chaque jour savoir de ses nouvelles ; maintenant qu'elle allait reprendre ses travaux, c'était pour toutes une joie sincère.

Quelques jours plus tard, Mᵐᵉ Perraud annonça que Marcelle était devenue son associée. Comme la jeune fille était fort aimée, ainsi que nous l'avons dit, le bonheur qui lui arrivait et que son dévouement lui avait mérité n'excita pas l'envie de ses compagnes. Ce fut pour elle un bonheur bien doux de voir que pas un regard jaloux, pas une parole méchante ne vint troubler son installation comme maîtresse de l'atelier et du magasin.

Mᵐᵉ Dinan, que Marcelle voyait quelquefois les jours de marché, apprit aussi avec ravissement la nouvelle position de son ancienne servante.

— Je savais bien, dit l'excellente femme à Mme Perraud, que ma petite Marcelle finirait par recevoir la récompense de ses bonnes qualités, et je ne puis que te féliciter, cousine, d'avoir choisi une telle associée.

Pour célébrer gaîment cette installation, Mme Perraud donna une petite fête à ses ouvrières et apprenties.

Ce fut sur les bords de la Touque, dans une petite ferme habitée par une paysanne de ses amies, que Mme Perraud conduisit sa société.

— Qu'il ferait bon passer sa vie au milieu de ces champs, dit tout à coup Marcelle, à qui revenaient une foule de souvenirs, et que l'on est heureux loin du bruit et des agitations de la ville !

— Regrettes-tu d'être forcée d'y vivre ? demanda doucement Mme Perraud.

— Oh ! vous savez bien que non, répondit Marcelle avec un gracieux sourire. S'il me fallait maintenant retourner sans vous vivre dans les lieux que j'ai habités, je ne tarderais pas à me sentir bien triste, bien désolée. Ne me manquerait-il pas ce qui fait le bonheur de la vie : l'affectueuse tendresse d'une mère.

Trop émue pour répondre, Mme Perraud serra tendrement Marcelle dans ses bras.

Il n'est pas besoin de dire que les jeunes ouvrières couraient gaîment dans ces belles prairies qui bordent la jolie rivière que l'on nomme la Touque. C'étaient de leur part des cris joyeux, des exclamations naïves, qui ne firent qu'augmenter quand la fermière apporta un goûter simple et champêtre.

Le couvert fut dressé sous une tonnelle de jasmin et de chèvrefeuille, qui dominait le jardin de la ferme. Un fromage, de la crème, des fraises, des cerises, quelques pâtisseries : ce n'était pas merveilleux, mais c'était appétissant ; aussi chacune y fit honneur ; et lorsque l'heure arriva de retourner à Pont-l'Évêque, toutes affirmèrent qu'elles venaient de faire la plus agréable promenade possible.

XIV.

Laissons de nouveau s'écouler cinq années, puis écoutons la conversation suivante entre Marcelle et Mme Perraud.

— Sais-tu, ma chère fille, dit cette dernière, que les comptes de cette année, que je viens de clore, me donnent un résultat inespéré ?

— Tant mieux, chère madame; car, puisqu'il en est ainsi, j'espère que vous céderez enfin à mes sollicitations et que vous consentirez à jouir d'un repos que vous avez si bien mérité.

— Peut-être, peut-être, Marcelle; je ne promets rien sur cet article; car, tu le sais, j'aime par-dessus tout mon magasin, et, si je me reposais, je verrais moins souvent ta douce physionomie, si nécessaire à mon bonheur.

— Vous me flattez, bonne madame. Mais, dites-moi, qu'avez-vous?... La joie brille sur votre visage.... Auriez-vous encore quelque bonne nouvelle à m'apprendre?

— Oui.... Dieu merci, je n'en ai que de bonnes aujourd'hui.

— Et quelle est-elle ?

— Ce soir tu le sauras....

— Comment! pas avant ce soir? Méchante amie, vous voulez donc me tourmenter? Allons, vite, dites-moi votre secret.

— Non, ma chère Marcelle; seulement nous fermerons le magasin de très-bonne heure et alors tu auras le mot de l'énigme.

Après avoir ainsi parlé, Mme Perraud se renferma dans un silence absolu.

Très-intriguée, Marcelle attendit avec impatience que le soir arrivât….. Il vint enfin. Alerte et vive, comme au temps de sa jeunesse, Mme Perraud aida elle-même à fermer le magasin ; puis, passant son bras sous celui de Marcelle :

— Partons, lui dit-elle. Allons chercher l'explication que je n'ai pas voulu te donner ce matin.

Peu de temps après, elles arrivèrent à la ferme où, cinq années auparavant, avait eu lieu la fête de l'installation de Marcelle comme associée de Mme Perraud.

Dès qu'elles eurent pénétré dans la cour, elles furent reçues par une gentille fermière qui, s'inclinant devant Marcelle, lui dit :

— Recevez, Mademoiselle, l'assurance de notre dévouement et de notre bonne volonté. Soyez bien persuadée que nous serons pour vous, mon mari et moi, des fermiers fidèles et loyaux.

Tout étonnée, Marcelle regarda Mme Perraud.

— Eh quoi ! tu ne réponds rien ? dit celle-ci.

— Mais je ne puis répondre à semblable erreur…. On me prend pour une autre ;

je n'eus et n'aurai jamais de fermiers....

— C'est ce qui te trompe, interrompit gaîment Mme Perraud.

— Que voulez-vous dire?

— Entrons, et tu le sauras enfin.

Sur la table de chêne, placée au milieu de la vaste cuisine de la ferme, un repas de fête était dressé. Le fermier, tenant dans ses bras son plus jeune fils, vint s'incliner devant les deux femmes et renouvela à Marcelle, toujours de plus en plus étonnée, les assurances de dévouement que lui avait données la fermière. Mais ce fut bien autre chose lorsque, quelques instants plus tard, en dépliant sa serviette, un papier timbré s'en échappa, laissant passer sous ses yeux éblouis les mots de « Vente de la ferme de l'Oseraie au profit de Mlle Marcelle Mercier. »

Eperdue, elle se leva à demi.

— Au nom du ciel! qu'est-ce que cela veut dire? dit-elle d'une voix tremblante.

— Que tu es propriétaire de cette ferme, répliqua tranquillement Mme Perraud.

— Mais ce n'est pas possible....

— C'est vrai. Tu sais que j'ai hérité d'un de mes cousins et que, d'un autre côté, ma part de bénéfices a été fort belle, pendant ces cinq dernières années. A mon âge, que faire de tant d'argent ? J'ai voulu qu'il fût utile à quelqu'un, et ce quelqu'un ne pouvait être que toi, ma chère Marcelle. Cette ferme était à vendre. Je me suis rappelé les souhaits que tu formais il y a cinq ans. Sous prétexte d'affaires de notre commerce, je t'ai fait me remettre une procuration et j'ai acheté la ferme de l'Oseraie : voilà tout.

— Oh, madame ! madame !

Ce furent là les seules paroles de Marcelle. Baignée de larmes, elle voulut remercier sa généreuse amie, mais la voix lui manqua.

Après le dîner, on alla visiter la ferme en détail ; mais l'heure s'avança bientôt : il fallut songer à rentrer à Pont-l'Evêque. On prit congé des fermiers, mais en leur annonçant que, le dimanche suivant, on viendrait passer une bonne partie de la journée à l'Oseraie.

Appuyée sur le bras de Mme Perraud, Marcelle était dans une sorte d'extase. Enfin, lorsque son émotion fut un peu calmée :

— Qu'ai-je donc fait, dit-elle, pour mériter tant de bonheur ?

— C'est ton zèle, ton travail, ton dévouement qui te l'ont valu, Marcelle. En toi, j'ai trouvé une fille aimante et respectueuse, il était bien juste que je fusse pour toi une mère tendre et prévoyante.

XXV.

On pense bien que le dimanche vit se réaliser la promesse faite aux fermiers et que pas un point du petit domaine ne fut laissé sans visite. Désormais, un but de promenade agréable était donné aux deux femmes. Presque chaque semaine, elles se rendaient à l'Oseraie, et c'était toujours avec un nouveau plaisir pour Marcelle.

Une somme de 2,000 fr. était encore due sur le prix d'acquisition de la ferme. Cette somme, Mme Perraud s'était engagée à la payer au bout de quatre années. Vainement Marcelle voulut s'engager elle-même pour payer au moins la moitié. La vieille dame ne l'écouta même pas.

Dix-huit mois s'écoulèrent. Le printemps et l'été avaient été extrêmement pluvieux ; pas un seul jour de bon soleil, pour sécher et vivifier la terre. Marcelle était affligée de ne pouvoir aller à l'Oseraie ainsi que de coutume. Elle regardait tristement les fortes pluies qui tombèrent sans relâche et elle souhaitait de tout son cœur qu'un changement favorable eût bientôt lieu.

Depuis trois mois, la pluie continuait, lorsqu'une rumeur sinistre parcourut Pont-l'Évêque : « La Touque grossit ! La Touque va déborder ! » On se parlait avec anxiété ; on attendait l'événement, que rien ne pouvait détourner, avec une secrète terreur, se demandant quelles victimes il choisirait.

Une nuit, un bruit sourd vint murmurer au seuil des habitants de la ville, puis il s'éteignit, mais pour renaître avec plus de force : c'était le bruit des eaux qui, grossissant d'heure en heure, menaçaient en grondant les murailles des maisons. Chacun se leva précipitamment; mais, hélas! ce fut seulement pour voir que les eaux montaient toujours !

Rien n'est plus terrible qu'une inondation, car il n'y a là aucun remède. Dans un incendie, on peut encore espérer de sauver une grande partie de ce que contient le bâtiment embrasé. On peut souvent « faire la part du feu, » c'est-à-dire préserver les habitations voisines de l'élément destructeur, en sacrifiant les plus proches du foyer de l'incendie ; mais, lorsqu'un fleuve ou une rivière rapide a quitté son lit pour se répandre au loin, nul obstacle ne l'arrête. Ponts, digues, palais, chaumières sont parfois renversés ; arbres, moissons, troupeaux sont entraînés, heureux encore si, sous les murailles ébranlées, ne restent pas quelques cadavres, ou que les flots, dans leur course effrénée, ne roulent pas quelques funèbres débris !

Sans être aussi terribles que les inondations du Rhône et de la Loire, celles de la Touque n'en sont pas moins désastreuses ; car le cours de cette petite rivière est rapide, son lit profond, et à la suite de longues pluies, elle se trouve considérablement grossie par divers petits affluents, entre autres par la Calonne ; aussi, lorsque la Touque déborde, c'est avec une extrême violence ; en un instant, les prairies environnantes sont couvertes par les eaux, qui entraînent vers la mer tout ce qui se trouve sur leur passage.

L'année à laquelle nous sommes fut particulièrement éprouvée par le fléau. Jamais les eaux ne couvrirent si longtemps la terre, et jamais, de mémoire humaine, tant de désastres ne vinrent affliger cette belle et riche vallée.

Après douze jours d'anxieuse impatience,

lorsqu'on vit enfin la Touque se resserrer peu à peu dans son lit, on put constater les malheurs que venait de causer l'inondation. Ces malheurs étaient grands. Beaucoup de commerçants perdaient les produits amoncelés dans leurs caves; une foule de magasins ne présentaient plus que l'aspect d'une mare bourbeuse où il était impossible de retrouver un objet qui ne fût avarié.

Cet aspect était celui qu'offrait le magasin de Mme Perraud et de Marcelle. Encore une fois la Providence les éprouvait, mais ce ne devait pas être tout. Dans l'après-midi de cette journée, un paysan vint leur annoncer que, des bâtiments de la ferme de l'Oseraie, il ne restait debout qu'une grange et une étable, dont encore la solidité était fort endommagée. Le reste avait été entraîné par les eaux et les fermiers avaient dû se réfugier chez un de leurs voisins.

A cette nouvelle, le courage abandonna Mme Perraud.

— Grand Dieu! s'écria-t-elle, mais que faire? que devenir? Non-seulement nous avons perdu la plus grande partie de ce que nous possédions ici, mais il faut encore que les bâtiments de l'Oseraie soient détruits et que, pour comble de malheur, nous restions devoir une assez forte somme

sur cette ferme ! Ah ! c'est trop à la fois !
c'est trop !

Domptant sa propre douleur, Marcelle
s'efforça de consoler son amie.

— Ne dites pas, chère madame, que les
épreuves que Dieu nous envoie sont trop
fortes. Il les mesure toujours, dans sa
bonté, il châtie et tour à tour il console
ceux qu'il aime. Revenez donc à vous ; ayez
bonne confiance. La Providence ne nous
abandonne pas ; que la foi soutienne et
ranime notre vertu. Essuyez vos larmes,
bonne et chère amie et espérez, croyez-
moi, que des jours meilleurs nous sont
réservés.

Soutenue par ces bonnes paroles,
Mme Perraud essuya ses larmes.

ÉPILOGUE.

Plusieurs années plus tard, trois personnes sont assises sous une tonnelle du
jardin de la ferme de l'Oseraie, dont on
voyait, à travers un rideau de verdure, la
jolie façade blanche ornée de volets verts
et de plantes grimpantes.

Ces trois personnes sont Mme Dinan,
Mme Perraud et Marcelle Mercier.

Les deux premières sont bien vieillies,

mais une douce expression de contentement anime leurs traits creusés par l'âge. Marcelle aussi est vieillie, mais sa gracieuse physionomie est toujours aussi calme, aussi aimable que par le passé. Comme autrefois, elle attire, car elle a pour elle le charme de la bonté.

Continuant une conversation qui lui paraît des plus intéressantes, Mme Dinan, s'adressant à Mme Perraud, lui dit en souriant :

— Et enfin, cousine, vous assurez que Marcelle seule a fait ce miracle ; je vous crois, bien que notre amie soutienne le contraire.

— Oui, c'est elle, elle seule, affirma Mme Perraud, car je me trouvais sans force et sans courage. En travaillant jour et nuit, elle est enfin parvenue à payer ce que nous devions et à relever la ferme, qui maintenant est louée un bon prix. Mais les veilles continuelles avaient altéré sa santé ; aussi, il y a quelques jours, nous avons vendu le magasin. Comme cette vente a été très-avantageuse, nous pouvons maintenant vivre tranquillement de nos revenus. Vous le voyez, cousine, Marcelle est l'auteur de tout cela.

— Dites que c'est Dieu, chère madame,

ajouta Marcelle d'une voix douce. Lui seul a guidé nos efforts; il nous a inspiré la résignation et le courage, et il les a récompensés. Bénissons-le et ne songeons qu'à user dignement des biens dont il a daigné nous combler.

A ces généreuses paroles, des larmes de joie coulèrent des yeux des deux vieilles dames; puis, réunissant dans leurs mains les mains de Marcelle, une prière fervente s'échappa de leurs lèvres.

FIN.

ROUEN. — Imp. MÉGARD et Cie, rue S.-Hilaire, 136.